내 청춘이여,
　　오늘은
아프지 마라

내 청춘이여,
오늘은 아프지 마라

펴 낸 날   2024년 03월 12일

지 은 이   전병호
펴 낸 이   이기성
기획편집   서해주, 윤가영, 이지희
표지디자인   서해주
책임마케팅   강보현, 김성욱
펴 낸 곳   도서출판 생각나눔
출판등록   제 2018-000288호
주   소   경기도 고양시 덕양구 청초로 66, 덕은리버워크 B동 1708호, 1709호
전   화   02-325-5100
팩   스   02-325-5101
홈페이지   www.생각나눔.kr
이 메 일   bookmain@think-book.com

• 책값은 표지 뒷면에 표기되어 있습니다.
  ISBN 979-11-7048-675-6 (03810)

내 청춘이여,
오늘은
아프지 마라

전병호 지음

사랑하는 사람들과 아름다운 날들의 이야기를 담은 에세이

생각나눔

목차

제1부 함께하는 아름다운 인생길

제2부 사랑하는 사람들

제3부 아름다운 날들

제1부

/

함께하는 아름다운 인생길

가다가 힘들면 뒤를 돌아보라

가다 힘들면
가던 길 잠시 멈추고
뒤돌아보라

뒤에도
아름다운 길이 있고
아름다운 풍경이 많다

오직 앞만 바라보며 가는
오직 정상만을 향하여 달려가던 날들이
얼마나 힘들고 가슴 아팠느냐?
걸어온 길, 뒤에도
아름다운 사람 많고
아름다운 이야기들 많다
앞에 보이는 길만 길이 아니다
가야 할 길만 길이 아니다
온 힘을 다해 걸어온 길도 길이다
가야 할 길만 사랑하지 말고
우리 걸어온 길도 사랑하자

쉬지 않고 달려가는 인생길,
한번쯤 가던 길 잠시 멈추어 서서
뒤돌아보자
걸어온 길
뒤에도 더 빠른 길 있고
더 아름다운 풍경이 많다

가다 힘들면
한번쯤 뒤돌아보자

2021. 6. 25. 국민일보(장창일의 미션 라떼)
'선교사 묘역의 그들이 오늘날 교회를 본다면'의 내용에 일부 인용됨

서로 함께할 때 너와 나는 우리가 된다

나는 너
너는 나

세상을 살아오면서
나와 너는
우리가 되어본 적 몇 번이나 있었는가?

나와 너는
별들처럼 함께 빛난 적은 있었는가?
들꽃처럼 함께 바람으로 흔들린 적 있었는가?
시냇물처럼 함께 오래도록 흘러간 적 있었는가?
또 누군가 힘들고 어려울 때
상대를 위하여 살갑게 흔들려본 적 있었는가?

들녘에 이름 없는 꽃들도
바람이 불면 함께 흔들리는 것처럼
보이지 않는 곳에서도
함께 빛을 내며 밤길을 여는 별들처럼
외로운 곳에서도

외롭지 않게 어울려 사는 산속의 나무들처럼
우리 힘들어도 힘들다는 말 하지 말고
함께 가는 인생길
서로를 위로하며 믿고 살아가자

서로가 함께할 때
너와 나는 우리가 된다

만 남

사람이
사람을 만나는 일은
인생에
새로운 길은 내는 일이다
나만의 인생길에
큰 나무 한 그루를 심는 일이다

사람과
사람이 만나는 일은
또 다른 세상으로
문을 열고 들어가는 일이다

높낮음을 떠나
귀하고 천함을 떠나
사람이 사람을 만난다는 것
황무지에
함께 꽃밭을 만드는 일이다

꽃에게 물을 주듯
사람이 사람에게 다가가 말을 걸어주고
처진 어깨를 토닥토닥 다독여주는 일
살며시 다가가 눈물을 같이 흘려주는 일
누군가의 가슴에
향기롭고 아름다운 꽃을 피우는 일이다

사람과 사람이 만나는 일
오늘이 있음을 되짚어 보고
내일의 길을 열고
먼 길 함께할 인생의 동반자를 만나는 일이다

때로는 누군가에게 신세를 지며 살아간다

나는 너에게
너는 나에게
무엇을 해주었냐고 묻지 마라

살아가다 보면
서로가 서로에게
신세를 지며 살아가야 할 때가 있다
큰 물줄기를 몸으로 받아내며
말없이 흘러가는 강물의 강바닥도
사시사철 천천히
때로는 엄청난 속도로 불어오는
바람의 길이 되는 허공도
수천 년을 말없이 살아오고 있지 않느냐?

나는 너에게
너는 나에게
무엇을 해주었느냐고
투덜거리지 마라

누군가에게
신세를 지는 일도 사랑이려니
살다 보면 때로는
누군가에게 한 번쯤 신세를 지며 살 때가 있다

외로움도 사랑이다

외로움도 사랑이다
아프지 마라

외롭다는 거
나를 향한 사랑이다

누구나 외로움 한 줌 가슴속에 안고 산다
그 외로움
내가 나를 사랑하는 마음이 작아서
외로운 거다

나의 인생이 외롭지 않은 것은
내가 나를 많이 사랑해 주는 것

내 청춘이여!
오늘은 아프지 마라

느리게 가는 것이 더 행복하다 1

끼어들면 양보해주고
밀리면 쉬었다 가자
누군가 부르면 한 번쯤 뒤도 돌아보며
우리 느리게 느리게 살아가자
젊었을 때는 빨리 가는 것이
빨리 도착하는 것이, 행복하고 즐거웠지만
인생 중반부터는 느리게 가는 것이 더 행복하고
천천히 가는 것이 더 빠르게 가는 것
빠르게 달려와 보지 못했던 것들
이제는 천천히 가며 바라보자
젊음의 인생길에서 놓친
나무와 풀과 하늘에 별과
새벽녘 내린 안개와 냇가 맑은 물속에 노니는 고기들과
산속에 무수히 서 있는 나무들의 흔들림,
그리고 빠르게 사라져 간 사람들과
내 곁을 스쳐 지나간 말 없는 사랑들을 가만가만 들춰보자
보이는 것 모두 사랑스럽지 않은 것들 있을까?
세상은 반과 반이 합쳐져 하나가 되는 것이다
세상은 너와 내가 만나 하나의 인연이 형성되는 것이다
세상이 하나일 때 행복한 세상이다

세상이 반쪽이거나
세상이 여럿일 때는 추악하고 흉한 모습의 세상이 된다
우리 하나가 되어
행복하고 재미있게 살아가자
요즘 느리게 간다
요즘 느리게 가려고 노력하고 있다
그러다 보니
더 많은 것을 얻고
더 많은 것들을 본다
느리게 가니
한 번 더 생각해보고, 느긋하고
마음 차분해져 좋다
빠르게 갈 때보다 얻는 것이 더 많다
젊었을 적 빠르게 달려가 보지 못했던 것들을
인생 후반,
이제부터라도
인생길 하나하나 자세히 보면서 가자
느리게 가는 것이 오래 가는 것
행복은 느리게 갈 때 오는 것

느리게 가는 것이 더 행복하다 2

사람은 두 부류의 종류가 있다
긍정과 부정적인 사람
똑같은 일을 하면서
'왜 나한테만 시켰느냐.'
'왜 나만 힘든 일을 해야 하느냐.'
'왜 내가 해야 하느냐.'
부정적으로 불만을 터트리면서 일을 하는 사람이 있는가 하면
'예, 알았습니다.'
'예, 해보겠습니다.'
항상 긍정적인 생각으로 불만 없이 일하는 사람들이 있다
어차피 할 거면서 마지못해 하는 사람과
내 일처럼 긍정적이며 적극적으로 하는 사람
전자나 후자 중에 어떤 사람이 더 좋을까?
기왕 할 거라면
내가 그 사람과 관계를 맺고 살아가야 한다면
내가 그 조직에서 지속적으로 생활해야 한다면
긍정적인 생각과 행동으로 일해야 한다
만약 부정적인 생각으로 생활한다면
매사 불만으로 동료들에게 믿음을 얻지 못 할거며
일 처리도 진정성이 없을 것이다
그런 사람은 그 조직에서 적응을 못 하고

조직을 쉽게 떠날 것이다, 때론 쫓겨날 것이다

리더도 두 부류가 있다
어느 조직에서 수장이 조직을 어떻게 이끌어가느냐에 따라
생산성과 효율성이 달라지고 업무 능률에 있어 차이가 난다
또한, 직원들의 사기도 하늘과 땅 차이가 난다
똑같은 일을 하는데
누구는 자기가 아니면 일을 못 한다는 생각으로
직원들을 닦달하고
잡을 듯이 몰아붙이고 말과 행동으로 권위를 내세우며
직원들을 인간 이하 취급을 하는 사람이 있는가 하면
직원들 의사를 존중하며 큰 틀에서 잘잘못을 잡아주고
있는 듯 없는 듯하면서 존재감을 주는 사람이 있다
똑같은 자리에서 일하면서도
별 유난을 떠는 사람들(조직의 장)도 있다
그렇다고 조직을 유화적으로 이끌어가는 사람보다
업무에 있어서 더 효율적이거나 인간관계가 좋은 것은 아니다
그렇다고 유화적인 것이 전부 옳은 것은 아니다
우리가 경계해야 할 것이 있다
마냥 좋은 게 좋은 것은 아니다

시월에는

시월엔
시월엔
우리 이별을 하자

너의 슬픔도
나의 그리움도
시월엔 모든 것들을
우리 아프지 않게 떠나보내자
저문 하루의 끝에서
찬란히 지는 저녁노을처럼
가는 뒷모습은
이루 말할 수 없이 슬프리라
이별의 시간
외로운 들녘에 홀로 서서 흔들리는
저 갈대의 마지막 밤은 눈물로 지새우리

가을엔
우리 모든 것들을 보내주자
그렇게 나를 떠나간 사랑들은

언젠가는 웃음으로 다가오겠지
어딘가에서 아름답게 꽃을 피우고
행복한 웃음을 짓겠지
가을에는 사랑하는 모든 것을 보내주자
나를 사랑하는 모든 것들이 말없이 떠나도
슬퍼하거나 눈물을 흘리지 말자

누군가는 떠나고
누군가는 다시 오는 계절
나의 고독은
그대의 자유이듯이
먼저 흘러간 바람의 뒷모습도
누군가에게는 아픔이었을 테지
아픔은 누구에게나 있는 법
아픔은 홀로 있을 때 더 아픈 법
이제 아픔은 옛사랑처럼
말없이 가슴속을 헤집고 다니며
그대를 매일매일 보고 싶어 하겠지만
시월엔 시월엔 아프지 말자

가을에 말없이 지는 나뭇잎들처럼
세상을 슬퍼하거나 원망하지 않겠어요
시월에 지는 나뭇잎처럼
나도 말없이 고개를 숙이며
땅으로 떨어지는 일뿐,
시월엔 하늘로 고개를 들지 않고
땅으로 말없이 지는 것이
시월을 사랑하고
그대를 오래오래 잊지 않는 것

그대는 아직도 내 안에 있다

여전히 바람은 불고 새는 날고 사람들은 길을 걷는다
누군가는 내 옆을 스쳐 지나가고
어제의 내일 속에 나는 살고 있지만, 어제 속에 그대는 온데간데없다
어젯밤 폭풍우에 흔들리던 나무는 여전히 그 자리에 서 있고
나는 아직도 여전히 그 나무를 바라보고 있다
꽃이 지는 날 바람은 불고 그대가 떠나던 날 나는 먼 산을 바라보며
눈물을 흘렸다
어둠 속에 달은 매일 그 산을 넘어가고 있지만,
그대가 떠나던 날
그대가 내 안으로 들어왔다

그대와 함께하는 날은 언제나 봄날

사랑도
슬픔도
기쁨도
그대와 함께하는 날은 언제나 봄날

내일, 긍정적인 사람

오늘이 있는 사람은
내일을 꿈꿀 수 있는 사람이다
내일은
오늘의 행동에 따라 크기가 달라진다

오늘
긍정적인 사람은
내일도 긍정적이고
오늘 웃는 사람은 내일도 웃는다

동 행

"여행만 하면서 살고 싶다."
해파랑길을 걸으며
집사람이 바람 속으로 던진 말,
걷는 내내 산길에 떨어진 말들이
발길에 묵직하게 차이는 오후
죄를 지은 듯
마음이 아프다

신혼 시절 고생시키지 않겠다던
약속은 아직도 약속 중
여보!
지금까지 일만 시켜 미안하오
그런 날 꼭 올 거라 믿어주오
우리 어쨌거나
지금
인생 여행길을 함께 걷고 있잖소!

시 간

때로는 빨리 간다고
때로는 늦게 간다고
구박하지 마라
네 삶이 빨리 가거나
네 삶이 늦게 갈 뿐

인생 오십부터는

인생 오십
가라면 가고
오라면 오라
시키는 대로 해야
원하는 것을 얻는다

대들지 마라
시비를 걸지 마라
절대로 토 달지 마라
원하는 대로 해야
사랑받는다

인생 오십부터는
집사람 앞에서는
행동은 작게
말소리는 낮추고
신발을 가지런히 벗고
술 냄새는 풍기지 말고
하늘을 우르르 받들듯

오래도록 사랑받고 싶으면
이유 불문 밤낮으로
공손히 허리 숙여 받들어라

그래도 사랑해 주지 않으면
허락해 줄 때까지
용서를 빌고 빌어라
용서받지 못하고 버림받는다면
남은 인생 아깝지 않는가?

대중목욕탕(大衆沐浴湯)

모든 만물이 평등한
웃음과 애환이 함께 공존하는 곳
귀하고 천한 것 없는
낮음도 높음도 없는
모든 사람이 평등한 곳
밖에서는 서로 잘났다고
울고 웃고 싸우지만
이곳에선 모두가 다 평등하리

잘난 사람, 못난 사람
행복한 사람, 불쌍한 사람
모두가 다 옷을 벗는 순간부터
높낮음 없는, 귀하고 천한 사람 없는
모두가 평등한 곳

옷을 벗는 그 순간부터
이 세상 괴로움 훌훌 던져버리고
희망을 얻는다
누구나 평등한 인생, 평등한 하루

모두가 따뜻한 물 속에서
앞날에 희망을 삶고 닦는다

모퉁이 한편에서
두런두런 이야기 나누며
가장 행복한 모습으로 앉아
아빠는 과거의 행복을 벗기고
아들은 미래의 추억을 만들며
부자(夫子)지간에 때를 민다
우리들의 애환이 묻어있고
희망이 서려 있는 곳
골목길 대중목욕탕(大衆沐浴湯)

옷을 입고
나가는 순간부터
우리는 귀하고 천한 것이 다시 있고
높고 낮음을 가리며
서로 잘났다고 또 싸운다
서로 잘났다고…

명 당

자네
어디가 명당인지 아나?
글쎄, 좋은 곳이 명당이 아닐까?
남들이 다 좋다고 하는 곳 말이야

이봐, 친구야
그건 절대 아닐 걸세
명당이란 아주 평범한 곳
자네나 나나 좋다고 하지 않는 곳
그곳이 천하제일 명당일걸세

그럼 자네
산을 오래 지키는 나무가
어떤 나무인지 아나?
글쎄
아마도 양지 녘 바른 곳에
곧게 자란 나무가 아닐까?

친구야,

그건 더더욱 아닐걸세

산을 오래 지키는 나무는 말이야

산골짜기 응달에

멋도 없이 구부정하게

서 있는 나무일세

그 나무가 산을 오래 지키고

그 나무가 서 있는 곳이

천하제일 명당일세 그려

배 려

어떤 순간
내가 편안하고
기분이 좋으면
앞선 사람의 배려 덕분이다

어떤 일로
고마움을 느끼고
감사함을 느끼는 것도
앞선 사람의 배려 덕분이다

누군가
뒷사람을 위하여
자기의 소중한 시간과
자기의 마음을 나누는 것
다음 사람을 위한 배려다

배려는
사람이 사람을
사랑하는 마음이다

엉뚱한 사람 꼭 있다

엉뚱한 사람 꼭 있다
하지 마라 하면 하고
이거 하라면 저거 하고
저거 하라면 이거 하고
남 흉보지 마라면
더 흉보는 사람

잘난 체하는 사람 꼭 있다
지지리도 못났으면서
지만 잘난 줄 알고
남 무시하고
잘난 체하는 사람 꼭 있다

꽃은 필 때 피고
질 때 져야 아름답고 향기롭다
제철을 잊고 피는 꽃들은
찬바람을 이기지 못하고
열매를 맺지 못한다

아픔에 대하여

세상 모두다
나의 것이었으면 좋겠다

꽃도
나의 것

산그늘도
나의 것

강물도, 바람도
나의 것

그대를 바라보고 있는 달도
나의 것

그리하여
그대로 인하여
이 밤도
아플 일이 없었으면 좋겠다

사람의 길

바람도 길을 내고
시냇물도 길을 내지만
사람이 낸 길이 길이다

사람만이 길을 걷는다
바람도 길을 따라 흐르고
시냇물도 길을 따라 흐르지만
사람이 걷는 길이 길이다

길은
목적이 있는 사람들이 그 길을 걷고

길은
내가 걷지 않으면 길이 아니다

아버지로 산다는 것

내 나이 육십 대
몸속 고장 난 부품을 또 갈아야 한다
오늘은 백이십만 원짜리 임플란트 두 개를 해 넣고
허허실실 웃음을 웃는다
아들놈 학비에 휘어버린 허리, 척추에 철핀을 박고 꼿꼿이 서서
지상과는 최대한 멀리 뛰기 위해 무릎에 인공관절을 박는다
세상의 모든 소리를 듣다가 귀먹어 보청기를 끼우고
세상 밖 소리까지 듣고 싶지만
언제나 들려오는 아들놈의 애원 소리
나의 몸은 철로 만든 로봇, 세상은 가짜라는 것을 모른다
세상은 가짜와 진짜가 적당히 어울려 살아가는
가짜가 진짜 같은 세상
세상을 뚫어져라 쳐다보다 눈이 하얗게 변해버려
수정체를 긁어내고 인공수정체를 넣었다
내일은 다리 하나 댕강 자르고
포클레인 같은 힘센 놈 하나 심어야겠다
내 젊은 날의 성했던 몸뚱이가
찌그럭찌그럭 소리를 내며 로봇이 되어간다
이제는 녀석들도 쳐다보지 않는 고장 난 로봇

죽도록 사랑하고 싶었던 날들이

하나둘 사라져 가는 나이 육십 대

감나무

남덕유산 봉우리
마지막 잔설이 음지로 숨어들 때쯤이면
고향의 따사한 햇살은
들녘 생명의 숨통을 모조리 열었다
밭 언덕에 냉이, 쑥
논두렁 씀바귀
이른 봄날
묵은 고추밭 이랑에 달래의 촉도 피워 올렸다

뒤뜰 한 그루 두 줄기 감나무는
봄 햇살 꿀벌의 가벼운 날갯짓에
감또개를 아래로 떨구면
앳된 누이와 나는 감또개 주워
지푸라기에 길게 엮어 끼우고서
여러 겹 세월을 목에 걸고
어린 시절을 그렇게 살아왔다

첫서리에 가을이 빨갛게 익어갈 무렵이면
아버지는 긴장대로 겨우내 먹을

동심을 또닥또닥 광주리 가득 따 담고
손길이 닿지 않을 까치밥만 남겨 놓으면
누이랑 나는 마지막 남은 까치밥을
한 가닥 희망으로 지켜보며
어린 시절 한겨울을 배부른 행복으로
그렇게 버텨 지내왔다

주름살 아버지의 고된 잠자리를
머리맡에서 나 대신 지켜준 감나무는
허름한 초가집을 헐고 새집을 지을 때
한쪽을 잘리는 찢어지는 아픔에도 불구하고
지금도 뒤뜰에서 홀로 나 대신 지켜주고 있다
아들 녀석은 따지 못한 까치밥을
아버지의 그 아버지 너털웃음 속에
긴장대로 따려고 용을 쓰며
할아버지의 잔주름살 끝에 달려 있는
내 추억의 까치밥을 오늘도 흔들고 있다

빨래 개는 여인(女人)

베란다 대형 투명스크린 앞

햇살이 비집고 들어온 자리에

배 나온 허리띠를 풀고 앉아

살아온 모진 세월을

차곡차곡 접고 있는

인생사 고단함이 허리춤을

콕콕 찔러도 말 한마디 하지 않고

다소곳이 앉아

하얀 세월을 접고 있는 女人

세월은 가끔씩

동그란 구슬도

물먹은 동전도 토해낸다

뒤집힌 양말도

구겨진 세월도

女人의 따사한 손길에

순한 양이 되어

한 올 한 올 숨을 죽이고

아이들의 희망과
가족의 하얀 미래를 접고 나면
구겨진 女人의 마지막 세월을
허공에 대고 두어 번 훨훨
털어 개고 있는 女人
그 女人 어깨너머로
화분 속 빨간 동백꽃이
활짝 웃음 짓는 하루

제2부

/

사랑하는 사람들

나에게 전하는 인사 1

안녕~
나의 사랑하는 당신!

어두운 밤
편안하게 잘 주무셨는지요.
새로운 아침이 시작되었어요.
오늘 하루도
긍정적인 생각으로
웃음 많은 하루 보내요.
오늘 하루 행복은 내가 마음먹기에 달렸습니다.
멀지 않는 곳에서
오늘도 당신을 힘껏 응원합니다.
힘내요.
오늘 나에게 주어진 하루
많이 행복하고
많이 사랑해 주세요~.

나에게 전하는 인사 2

안녕~
나의 사랑하는 당신!

오늘 하루도 행복하셨어요?
당신은
오늘 하루 동안 아름다운 소리를 몇 번이나 들어보셨어요?
그중에 가장 아름다운 소리는 어떤 소리였어요?

당신은 오늘 하루 동안
만난 사람들에게
아름다운 소리를 몇 번이나 했어요?

감사합니다!
고맙습니다!
사랑합니다!
고생했습니다!
세상에서 그 어떤 소리보다도 가장 아름다운 소리입니다.
우리 살면서 서로에게 아름다운 소리 많이 해주고
아름다운 소리 많이 듣기로 해요.
잠이 들기 전
오늘 하루 가장 아름다운 소리가 어떤 소리였는지

한 번쯤 생각해보고 잠들기로 해요.
오늘도 당신을 사랑합니다.
사랑하는 당신이
내 옆에 있어 고맙습니다.

아침부터 좋은 소리를 들으면
하루 내내 즐거워요.
하루에 한 번 이상
가장 가까이 있는 사람에게
가장 아름다운 소리 한마디씩 해주기로 해요.
사랑하는 당신!
오늘 하루도 고생 많았습니다.
잘 자요~.

새봄처럼
당신이 오는 소리는
내 인생의 가장 아름다운 소리입니다.

나에게 전하는 인사 3

안녕~
사랑스런 나의 당신!

당신이 많이 아프다는 연락을 받았어요.
소식을 받고 제 마음이 너무 아팠어요.
마음으로만 위로해 줄 수 있고
행동으로 도와줄 수 없어 제 마음 너무 아픕니다.
인생길 많이 아프다는 건
친구가 필요하다는 것
많이 외롭다는 것입니다.
이쁜 당신!
아프지 마세요.
조금만 참고 견뎌내면
아름다운 인생길, 봄날이 곧 와요.
우리 함께 걸어요.
둘이 걷다 보면 봄날이 올 거예요.
멀리 있어도
항상 당신을 응원하고 위로합니다.
이렇게라도 안부를 물어줄 수 있는 친구가 있으니
당신은 인생길 멋지게 걸어왔어요.
앞으로도 인생길 멋지게 걸어갈 거예요.

걸어온 날 중에
행복한 날이 있었다면,
웃는 날이 있었다면,
그날은 좋은 친구들을 만난 날입니다.

사랑스런 나의 당신!
아프지 마세요.
포기하지 마세요.
세상은 웃을 일 많고
좋은 친구들 많아요.
아프지 마세요.
우리 함께 위로해 주고
우리 함께 위로받아요.
사랑스런 당신
비가 오나 눈이 오나
팔월의 뜨거운 태양 아래서도
우리 함께 걸어요.
걷다 보면 우리들의 봄날이 올 거예요.

나에게 전하는 인사 4

안녕~
사랑스런 이쁜 당신!
어제 하루는 바빠서
당신에게 소식을 전하지 못했어요.
미안합니다.
그러나 당신의 모습을 떠올리며
하루 내내 당신을 잊지 않았어요.
오늘 하루 가득 당신 생각만 할게요.
당신도 나를 잊지는 마세요.

누군가를
잊지 않고 생각하며
하루를 산다는 건
즐겁고 행복한 일입니다.
오늘 하루가 힘들다고
오늘 하루가 고단하다고
오늘 하루 이별을 했다고
슬퍼하지 마세요.
오늘에 아픔은 내일의 사랑입니다.
아픔 속에 피는 꽃이
추위 속에 피는 꽃이

사람들 가슴속에
더욱 향기롭게 오래 남아있듯
오늘에 아픔은 내일의 행복입니다.

인생이 힘들다고
투덜대지 마세요.
살다 보면 슬픈 날도 있고
행복한 날도 있습니다.
1년 내내 즐거울 수만은 없어요.
일주일 중에 하루만이라도 즐거우면 좋아요.
그 하루를 세상 떠날 듯 맘껏 즐기고 행복하면 됩니다.
어제 울고불고 싸웠을지라도
오늘 하루 행복하면 됩니다.
그럼 당신은 행복한 겁니다.
우리 살아가면서
일주일 중에 하루만이라도
친구들 만나서 수다도 떨고
나를 위해 기분 좋게 지내요.
이쁜 당신!
오늘 하루만이라도 즐겁게 지내요.
알았죠?

나에게 전하는 인사 5

안녕~
나의 사랑스런 당신!

당신처럼 이쁜 봄이
자꾸만 나오라고 부르네요.
당신과 나 다정히 걸었던
봄길을 걷자고 어서어서 나오라고 부르네요.
우리 언젠가 걸었던 그 봄날을
걸어봅니다.
마음속엔 이쁜 당신 가득
들판엔 봄꽃 가득 피워놓고
걸어가는 길
오늘 하루도 행복합니다.
내 가슴속에
당신도 있고 봄도 있어
오늘 하루 고운 꿈길을 걷듯
사뿐사뿐 하루를 걸어갑니다.

오늘도
봄을 사랑하듯
당신을 사랑합니다.

나에게 전하는 인사 6

〈봄날〉

세상이
다 봄날입니다.

봄날이
다 사랑입니다.

봄날은
꽃향기 흩날리듯
내 마음 그대에게로 흘러갑니다.
봄날은
구름 흘러가듯
내 마음 그대를 찾아갑니다.
그대, 사랑스런 그대여
오늘은 봄길을 걸어봐요.
꽃길 속에 사랑스런 그대 있어요.
외로워하지 마세요.
4월의 봄길은
혼자 걸어도 혼자가 아니예요.

나에게 전하는 인사 7

〈꽃을 가꾸다〉

언제부터인가
꽃을 키우고 있어요.
내가 가꾸는 꽃은
하루 한 번 이상 물을 주고
이쁘다는 말을 자주 해주어야 합니다.
멀어지면 보고 싶다 말하고
가까이 있으면 더 가까이 있고 싶고
서로가, 서로가
가까이 다가가는 것을 참 좋아합니다.
서로가 가까이 있을수록 더욱 향기롭습니다.
톤이 높은 말, 듣기 거북한 말을 싫어하고
부드럽고 상냥한 말을 들으면
저절로 꽃잎이 싱그러움으로 돋아납니다.
하루 정도 보지 못하면 보고 싶어
어찌할 줄을 모릅니다.
우리는 오랫동안 떨어져 있어 본 적이 없어요.
내가 가꾸는 꽃은
사시사철 싱그러움으로
내 가슴 속에 피어나고

하루에 한 번씩 바라보며 웃어주어야 하고
오늘 하루 많이 웃고 즐겁게 지내자고 말해주어야 합니다.
그렇게 말하고 나면 나도 덩달아 기분이 좋아집니다.

그 꽃을
보고 있으면
나도 꽃이 됩니다.

나는
날마다
꽃이 되어 삽니다.

그대로 인하여
세상 어느 꽃보다
향기롭게 살아갑니다.

감사합니다, 고맙습니다.

오늘 하루도
파이팅입니다.

나에게 전하는 인사 8

안녕~
나의 사랑스런 당신!
잘 있었나요?

미안합니다!
당신을 잠시 잊었다
오랜만에 당신이 생각났습니다.

누군가에게서
내가 잊혀진다는 건
참 슬픈 일입니다.
그러나
누군가가
나를 다시 기억해주는 건
참 고마운 일입니다.

사랑합니다!
고맙습니다!
감사합니다!

당신은

이 아름다운 말들을
오늘 하루 몇 번이나 했습니까?

당신은
이 아름다운 말을
오늘 하루 몇 번이나 들었습니까?

한 번도 해본 적 없고
한 번도 들은 적 없다면
오늘부터라도 말하고 들어보세요.
좋은 말을 많이 할수록
좋은 말을 많이 들을수록
내 마음이 긍정과 웃음으로 변하고
세상이 아름답게만 느껴질 겁니다.

하루를 살아가면서
상대방에게
아름다운 말, 고운 말을 많이 할수록
그 아름다운 말들은
나에게 되돌아와 내 가슴에 배로 담깁니다.

당신과 나, 우리
오늘 하루를 많이 사랑하고
오늘 하루를 고맙게 살고
오늘 하루를 감사하며 살아요.

오늘도
이쁜 당신을 사랑합니다!

나에게 전하는 인사 9

안녕
사랑스런 나의 당신!
당신은
꽃의 눈물을 본 적이 있나요.

봄날
피는 저 아름다운 꽃들은
지난날 아픔의 흔적들입니다.
아픔이 꽃으로 피어나면
세상이 아름답게 변합니다.
아픔은 서로 공유할수록
아름다운 꽃이 되듯
지금 당신과 나 사이 피어있는 꽃들도
지난날 공유한 아픔들입니다.
꽃이 된 아픔들을
오래도록 간직하고
아름답고 사랑스럽게 가꾸겠습니다.

당신이 아프면
저도 아픕니다.
온천지가 꽃피어

세상이 행복한데
봄날 당신이 아프다 하는데
하루 내내 신경이 쓰입니다.
당신 아프면 저도 아픕니다.

내 가슴에 봄꽃이 지면
그때 아프세요.
아플 땐 아픔을 모르는 법
나의 사랑스런 당신!
건강 관리 잘해서 아프지 말고
여기저기 꽃피는 봄날 행복하게 지내요.
식사 잘하고
사소하거나 작은 것에 너무 집중하지 말고
훌훌 털고 넓고 크게 생각해요.
건강이 최고입니다.
아프면 아무것도 소용없어요.
아름다운 세상
인생 즐겁게 살아야죠.
일주일 중에 하루 이틀만이라도 즐겁게 지내면
그게 인생의 행복입니다.
인생사

일주일 내내 기쁠 수만은 없습니다.
일주일 내내 슬플 수만은 없어요.
당신이 내 옆에 있어
저는 얼마나 행복한지 모르겠어요.
당신 아프면 절대 안 돼요.
생각도 긍정적으로 하고
매일 봄날만 생각해요.
저는 당신 생각하면 매일 즐거워요.
당신을 가슴으로 담을 때마다
내 가슴 가득 봄꽃이 활짝활짝 피어납니다.
꽃이 지는 봄날
나는 또 당신을 그립도록 기다립니다.
행복 가득 아름답게 다가올 당신이여!
봄날은 아프지 마세요!

꽃의 눈물은
아무나 볼 수 없는
마음씨 고운 사람만이 볼 수 있어요.
당신에게만
그 꽃의 눈물을 보여주고 싶어요.

나에게 전하는 인사 10

안녕~
사랑스런 나의 당신!
며칠째 연락이 없어 궁금합니다.
잘 있나요?
매사 적극적이고 긍정적인 당신은
어떤 아픔도 잘 이겨내리라 믿습니다.
누군가의 실수로 인하여
마음 많이 아프리라 생각합니다.

당신은
누군가에게 실수를 한 적이 있나요.
그래서 상대를 마음 아프게 한 적이 있었나요.
실수는 상대에게 큰 아픔을 주기도
상대에게 깊고 깊은 눈물을 흘리게 할 수도 있는
가슴 아픈 일입니다.
때로는 실망을 안겨주어 돌이킬 수 없는 이유가 되기도 합니다.

나의 사랑스런
당신이여!
그 실수를 용서할 수 있다면
당신은 어느 누구도 할 수 없는 일을 한 것입니다.

실수는 누구나 할 수 있는 법
그 실수를 용서한다는 것은
사람을 다시 만나는 일입니다.
당신에게서 새로움을 볼 것입니다.
먼저 다가가 손을 내밀어 준다면
최고의 용서가 될 것이며
최고의 힘이 될 것입니다.
상대의 잘못을 용서하는 일이 나를 용서하는 일입니다.

가을 기도

가을엔
가을만 사랑하게 해주옵소서.

가을을 사랑하지 않는 것들과
미움으로 증오하고 있는 모든 것을 버리고
단풍잎처럼 온몸을 다해 불태우며
가을 속으로 사라지는 것들을 사랑하게 해주옵소서.

들녘에 곡식들이
따스한 햇살로 알알이 영글어가고
온 산에 나뭇잎들이
푸르른 하늘 아래서 몸을 굽는 시간.

가을엔
가을만 사랑하게 해주옵소서.
어느 여름날 우리들의 사랑도
처음엔 찬란히 시작되었듯이.

가을엔
모두가 찬란히 타오르도록
수천의 힘을 주옵고

나의 생각 속에 불순물이 섞이지 않도록
한곳으로만 이끌어 주옵소서.

가을엔
나의 인생이
쓸쓸히 사라져간
한 잎의 낙엽처럼 물들지 않게 해주시고
엄마의 풍만한 가슴처럼 넓은
가을 속으로 인도하여 살게 해주십시오.

아름다운 사랑 모두가 눈물이었듯이
나의 사랑도 아름다운 눈물이 되도록
나의 심성을 아름다운 곳으로 이끌어 주시고
지난날의 아름다움을 잊지 않기 위해
사랑했던 그대의 이름을 불러보도록 허락하여 주옵소서.
내가 그대의 이름을 부르며 눈물을 흘릴지라도
불쌍히 여기지 마시고
행복했던 사랑이었다고 생각하여 주시옵고
길가에 쓸쓸히 뒹구는 낙엽을 밟으며
홀로 길을 걷더라도
우리들의 사랑을 잊지 않도록 하여 주옵소서.

그 무덥던 여름날
사뿐사뿐 떠나간 아름다운 사랑을 위하여
오직 한 사람만을 사랑했음을 행복하게 생각하며
가을엔 가을만 사랑할 수 있도록
한눈을 팔지 않게
나약한 나의 마음을 꼬옥 잡아주옵소서.

그리하여
가을엔
가을만을 사랑하도록
흔들리는 마음을 다잡아 주고
지나간 여름날을 못 잊어
날마다 울지 않게 해주옵소서.

가을엔
친구의 친구까지도
서로 사랑하는 마음으로 하루를 살 수 있도록 해주고
편안한 마음으로 밤을 맞이할 수 있게 해주옵소서.
갈림길에서도 걸음을 멈추지 않게
옳은 길로만 갈 수 있도록 안내해주고
빗방울에서도 아픔을 느끼며

한 그루의 작은 나무 그늘 아래서도
편안함을 느낄 수 있도록 해주옵소서.

7월의 청포도가 사랑했던
무더웠던 여름날 밤을 사랑할 수 있도록
정열적인 사랑을 나누어 주옵시고
오늘의 잘못을 내일의 흉이 되지 않도록
따뜻한 손을 내밀어 보듬어 주옵소서.

훗날
가을날에 사랑했던 모든 것들을
아름답게 사랑했었노라고
행복하게 떠올려볼 수 있도록
현재 내가 살고 있는 반경 속에 사랑들을
아름답게 그려주옵소서.

가을 햇살 아래서
밤하늘에 별이건 달이건
들녘에 꽃이건 나무건
모든 것들을 사랑할 수 있도록
온 산에 단풍이 아름답게 물이 들 듯

나의 부족한 마음에 사랑을 보태주옵소서.

한 그루의 소나무처럼
변함없는 마음으로 자리를 지키며
세상을 사랑할 수 있는 힘을 주시고
길가에 앉아있는 어느 노인의 모습에서도
아픔과 슬픔을 느끼며
엄마 품에서 안겨 웃고 있는
어린아이의 모습에서도
행복을 느낄 수 있는 마음을 주옵소서.

비록
이별 앞에서
눈물을 흘리더라도
더 큰 아픔을 준비하기 위함이라 여기시고
하루치의 사랑이라도 하찮게 여기지 말고
사랑하는 사람에게 안부를 전하지 못했음을
그 사람을 잊었다고 생각하지 마시옵소서.
나의 부족함을 재촉하지 말고
충분한 시간과 희망을 갖고
믿음으로 기다려 주옵소서.

세상에 잘못이 있다면
모두가 나의 잘못이라 생각하시고
나 아닌 그 누구도 꾸짖는 일이 없었으면 합니다.

그리하여
가을엔 오직 가을 하나만을
사랑할 수 있도록 힘을 보태어주옵소서.
살아가다 보면
누구나 잘못을 저지르고 눈물을 흘리지만
그것들을 들춰내지 않음으로써
당신에게 고마움과 행복을 느끼겠습니다.

가을엔
가을이 사랑했던 모든 것과
가을 속에 쉼 쉬며 살아가고 있는 모든 것들과
가을 속에서 눈물을 부비며
어울려 살고 있는 우리 이웃들과
가을 앞에서 찬란히 생을 마감하는 나뭇잎들을
오래도록 사랑할 수 있도록
가을 같은 넓은 마음을 내려주세요.

가을엔
가을만 사랑할 수 있도록
나의 나태해진 허약한 마음을 다잡아 주시고
다른 어떠한 것도 사랑하지 않도록 해 주옵소서.

가을엔
오직 가을만을
사랑할 수 있도록 인도하여 주시고
나로 인하여 모든 사람들이
눈물을 흘리지 않도록 하여 주옵소서.

가을 연어

시월의 고향에 서면
밤하늘 가득 반짝이는 은어 떼들이
가슴팍으로 퍼덕이며 내립니다.
예나 지금이나
오동천(梧桐川)[1] 물줄기는
어둠 속에서도
맑은 곳으로만 머리를 틀어
새벽길을 내고
수정 구슬 속살처럼 햇살을 통통 튕기던
냇가 은빛 고기떼들은
밤이면 남덕유산 하늘에 초롱초롱 별로 피어났습니다.

지난가을, 누군가 그랬던 세월처럼
연어 한 마리가 물길을 거슬러 올라갑니다.
가을로 회귀하는 중간 어디쯤엔가, 멍석 위에서
밤의 한 토막을 베고 누워
은빛 고기들이 출렁이는 밤바다를 올려다봅니다.

---

01) 오동천(梧桐川): 전북 장수군 장계면 오동리 마을 앞으로 흐르는
　　 냇가(3km 상류에는 논개 생가가 있음)

둥근 달이 고기떼를 몰고 출렁입니다.
어느새, 봄날 감나무 아래서
소꿉놀이하던 누이와 밤하늘에 고기떼를 쫓고 있습니다.
나를 세상 밖으로 키워준
고향의 밤하늘은
예나 지금이나 그냥 그대로입니다.
가지 끝에 마지막 떡밥을 달고
밤바다 은어 떼를 향하여 낚싯대를 드리우는 감나무는
찬바람 속에 연신 허탕질만 합니다.

밤바다를 함께 유영하던 아들은
팔베개 속에서 쌔근쌔근 잠이 들고 말았습니다.
콜록콜록
아버지의 하얀 목소리가
아버지의 거친 세월이
가을 밤바다 허공을 잔잔하게 흔들면
난무(亂舞)하는 은어 떼들이 하늘 가득 출렁입니다.
아침 햇살이
강가 안개를 삼키듯

동트는 새벽녘이

아버지의 숨을 삼키며 깨어납니다.

어릴 적, 당신의 어깨에서 무동을 타고

이야기 나누며 밤하늘을 올려볼 때

긴 꼬리를 남기며 떨어지는 유성이 얼마나 신기했는지,

내게 들려주신 이야기는 전설로 되어 돌아왔습니다.

대낮 같은 밤

거친 숨을 몰아쉬던 밤바다

별 하나 지난날 밤 긴 꼬리 그 유성처럼

제 고향 땅으로 떨어집니다.

따라

풀잎 끝 이슬은 허공을 가르고

밤바다 은어 떼들이 눈물처럼

오동천(梧桐川)으로 쏟아져 내린 아침 강가

안개가 맑은 햇살로 은어 떼 한 무리를 뱉어놓습니다.

사랑하는 아들아 1

사랑하는 아들아!
세상을 살아가면서
말(言)을 함에 있어서 항상 앞과 뒤를 보고
높고 낮음을 판단하여 가려서 해야 한다.
말을 함에 있어
수만 번, 수천만 번 생각하고 말을 해야 한다.
생각 없이 내뱉은 말로 인하여
상처를 입은 사람들이 얼마나 많더냐?
한 번 내뱉은 말로 인하여
무수한 사람들이 죽어 나가거나
무수한 사람들을 살려낸 적이 얼마나 많더냐?
한 번 내뱉은 말은
절대 거두어들이지 못한다.
세상으로 한번 나온 말은
세상으로 퍼져 확대되어 생산되고
원하지 않는 방향으로 몰아쳐 상대방의 눈물을 만들고
복받치는 감정을 만들어 내 편, 네 편, 편을 가르고
목숨까지도 앗아간 일들이 얼마나 많더냐?
세상으로 한 번 흘러나온 말은

입과 입으로 떠돌며 절대로 죽지 않는다.

세상으로 퍼진 말은 절대로 입속으로 들어가지 않는다.

엎질러진 물은 주워 담을 수 없듯이

네가 세상으로 내뱉은 참된 말은

너의 인격이 되고

너의 표현이 되고

너의 훗날 진실된 모습이 된다.

네가 내뱉은 말이

남들이 진실이 아니라고 하여 서운치 말라.

네가 진정으로 진정한 말을 했다면

지금 인정받지 못한다 해도

훗날 그 말의 진정성을 알아주는 사람들이 많다는 것을 알고

서운해하거나 섭섭해하지 마라.

아들아!

남들을 의식하는 가벼운 말이나

남들을 의식해 너에 진정성 있는 말을 접시 뒤집듯이 뒤집지 마라.

쉬 뒤집는 것은 너의 인격을 쉽게 뒤집는 것이다.

사랑하는 아들아!

너는 훗날 어떤 사람이기를 원하느냐?

네가 훗날 원하는 위치는

지금에 너의 행동과 말속에 있다.

그러니 말 한마디 한마디 헛되이 하지 마라.

너의 말 한마디는

이 아버지의 인격이 되고

네 어른들의 인격이 된다.

네가 내뱉는 말 한마디 말 한마디는

훗날 네 아들의 인격이 되기도 한다.

사람들은

네가 하는 행동과 말은

너의 상하좌우에 있는 사람들까지도 평가한다.

네가 착하면 네 주위에 있는 사람들이 모두 착하고

네가 악하면 네 주위에 있는 사람들 모두 악한 사람이 된다.

네가 고운 생각, 고운 말을 사용하면

훗날 너는 고운 사람이 될 것이고

네가 거친 말을 사용하면

훗날 너는 거친 사람이 될 것이다.

아들아!

하고 싶은 말을 하지 않고 참는 것도

또한 옳은 일이 아니다.

하고 싶은 말이 있다면 참지 말고 해라.

해야 할 때 하는 말과

하고 싶을 때 하는 말은

너의 위상을 높이고, 너를 구할 수 있는 기회가 되며

어지러운 세상을 구할 수 있는 순간이기도 하다.

말은 말을 해야 할 기회와 순간이 있다.

그 기회를 놓치면 말이 아닌 말이 된다.

아들아!

사랑하는 내 아들아!

명심해라!

하고 싶을 때 하는 바른말은 큰 세상을 얻을 수 있고

해야 할 때 하는 말은 거산(巨山)도 무너트릴 수 있다.

사랑하는 아들아!

산에서

들에서

냇가에서 해야 할 말과
해서는 안 될 말이 있다.
말이라고 함부로 아무렇게나 해서는 안 된다.
밤에 해야 할 말과
낮에 해야 할 말이 있듯이
사람은 말을 가려 할 줄 알아야 한다.
높고 낮음도 모르고 지껄이는 사람
자기 자신의 본분도 모르고 내뱉는 사람
그런 말들은 자기 자신의 품위를 한없이 깎아내리고
자기 자신을 비하하고, 낮추는 결과를 가져온다.
말을 구분하지 못하고 지껄이는 자
짐승과 무엇이 다르리오.

사랑하는 나의 아들아!
세상으로 말을 할 때는 언제나 명심해라.
배운 자, 겸손한 자, 강직한 자의 말은
곧고, 바르고, 언제 어디서나 꺾이지 않는다.

사랑하는 아들아 2

사랑하는 아들아!
벌써 무더웠던 여름이 서서히 물러가고
아침저녁으로 찬바람이 부는구나.
너도 몇 달 후면
나이를 한 살 더 먹는구나.
그러다 보면 너에게도 사춘기가 오고
사춘기에서 이성 간에 사랑도 나눌 수 있는 나이가 되겠지.
세상의 남자들과 여자들은 사춘기를 거쳐 어른이 되었단다.
사춘기를 거치지 않은
사랑의 열병을 앓아보지 않고
어른이 된 사람들은 세상 그 어디에도 없다.
네 자신을 스스로 통제할 줄 알고
너도 네 마음을 자유자재로 다스릴 줄 아는 나이가 될 때
성인이 된다, 그때 남자라고 말할 수 있지.
그렇지만 네 행동을 주체하지 못하고
네가 한 행동에 대해 책임지지 못한다면
너는 절대로 어른이 될 수 없는 거란다.

사랑하는 아들아!

준비된 슬픔은

준비되지 않은 슬픔보다도

눈물을 덜 흘릴 수 있다는 것을

기회는 기회를 만들고 노력하는 사람만이

그 기회를 잡을 수 있다는 것을

노력하는 자만이

그 기회를 나의 행복으로 만들 수 있다는 걸 알아야 한다.

세상의 이치는

극과 극이

정과 부정이

찬성과 반대가 공존한다.

그러하듯이

너의 일도 옳고 그름이,

희망과 절망이, 반대와 반대가 있다.

하는 일에 대해 옳은 쪽으로만 생각하지 마라.

준비된 행동은

훗날 눈물을 흘리되

눈물을 덜 흘리게 될 것이며

훗날 후회를 하되
후회는 내가 충분히 소화할 수 있는
작은 실망으로 변해있을 것이다.

아들아!
세상 사람들 중에 절반은 여자다.
하루의 반은 여자에 의해 움직이고
밤의 절반도 여자들이 움직인다.
남자의 몸도 절반은 여자가 만들어 주었고
남자의 일생 중 절반은 여자가 차지하고
여자에 의해 키워진다.

여자는 때로는 웃음을 주고
실망을 주기도 한다.
가끔은 눈물도 주기도 한다.
네가 크면 알게 된다
기다림은 여자에게서부터 오고
여자로부터 시작된다는 것을
세상의 이치는 여자로부터 시작되고

여자로부터 끝난다.

아들아!

여자를 가까이하면 할수록

눈물이 많아진다는 것을

여자를 기다리는 시간은 행복이 된다는 것을

여자를 너무 멀리하면

삶의 의미를 잊어버리게 된단다.

여자를 너무 믿지 마라.

여자의 마음은 알 수가 없다.

1 더하기 1은 당연히 2이지만

여자에게는 '3'이 될 수도 '4'가 될 수도

때로는 하나도 없는 '0'이 될 수도 있다.

여자의 마음을 안다는 게 결코 쉬운 일은 아니다.

세상의 여자들 마음을 속속들이 알 수 없듯

나의 마음을 속속들이 알아주는 여자도 없다.

나와 제일 가까운 엄마의 깊은 속뜻을 모르는 이치와 같다.

그렇다고 여자를 믿지 않을 수도 없다.

사랑하는 아들아!
때로는 여자를 여자로 보아야 할 때와
여자로 보아서는 안 될 때가 있다.

여자를 대함에 있어
하나의 고정된 관념으로 생각하지 말고
언제든 바뀔 수 있다는 다수의 생각으로
판단하고 만나라.
하나의 존재 자체로 판단하여
고정 관념을 가지고 대한다면 큰 실수를 하는 거다.
한순간, 판단의 잘못으로
네 인생에 있어 크나큰 실수가 없기를
이 아빠는 바라는 맘 간절하다.

아들아!
나에게 있어
가장 소중한 여자는 이런 여자다.
나를 세상에 만들어 주고 길러준 여자다.
지금까지 나의 존재를 확인해 준 여자다.

지금까지 나를 살아가게 해준 여자다.

지금 내 곁에 있는 여자다.

서로 마주보며 살고 있는 여자다.

간간이 얼굴 부비며 정을 나눌 수 있는 여자다.

지금도 나를 잊지 않고 생각해주는 여자다.

나와 아름다운 추억을 가진 여자다.

볼 수도, 만날 수도 없지만

잊혀지지 않고 얼굴 떠오르는 여자다.

말 한마디에도 진실된 웃음으로 웃어주고

나와의 소중한 약속을 평생 지켜줄 수 있는

외길로 갈 때 든든한 다리가 되어줄 수 있는

때로는 맑은 강물이 되어주는

그런 여자다.

아들아!

처음부터 아름다운 사람은 많지 않다.

아들아! 눈을 돌려 들녘을 한번 보아라.

바르게 또는 아름답게 자란 나무나 풀과 꽃들이

처음부터 고운 향기만을 내뿜으며

시작부터 아름답게 자라지는 않았다.
세상의 아름다운 것들은
바람과 비와 모진 추위를 견디며
추한 세상으로 물들지 않았기 때문에
아름다운 것이란다.
여자들도 마찬가지란다.

내 사랑하는 아들아!
어떤 때에 여자가 가장 아름다운지 너는 아느냐.
아름다운 생각을 가진 자만이
세상이 아름답게 보이는 법이다.
아무리 아름다운 것이라도
네가 세상을 아름답게 보지 않으면
세상 어디에도 아름다운 것이 없는 법이다.
아름다운 여자를 만나고 싶거든
너 자신부터 아름다운 생각을 가져야 한다.
너 자신이 가장 아름다울 때
가장 아름다운 여자를 만날 수 있다.

사랑하는 아들아 3

아들아!
내 사랑하는 아들아!
언제나 불러봐도 좋구나.
보고 싶거나, 생각날 때면
기분이 적적할 때면
나는
너의 이름을
마냥 불러본단다.

너의 대답이 없어도
너의 웃음이 없어도
너를 부르고 나면
너의 이름을 불러본 자체만으로도
내 기분은
날아갈 듯이 좋아진단다.

아들아!
너와 나 사이
건널 수 없는 다리는 없다.

우리 삶이 힘들거나 고달플 때
하루하루가 힘들거나 지칠 때
서로 만나 인생을 논할 수 있는
언제나 건너고 만날 수 있는
다리 하나 놓아두자.

그리하여
너는 이 아빠에게
나는 사랑하는 너에게 마음을 주고
때론 조건 없이 받아보자.
오작교에서 선남선녀들이 만나는 그 행복이
아니라도 좋다,
주고받을 수 있는 사랑이라면 더없이 좋고
너와 내가 나눌 수 있는 아픔이라도 좋다.
추잡한 이야기면 어떠리?
너와 내가 마음을 터놓고
이야기를 나눌 수 있는 시간만 주어진다면
어떤 이야기든, 어떤 표정이든 좋다.
이 아빠는
너와 내가 마주 앉는 자체로만으로도
나는 행복하다 말할 수 있다.

너를 바라보는 자체로만으로도
정녕 행복하다 말할 수 있다.

아들아!
너와 나 사이
건널 수 없는 강(江)은 없다.

아들아!
우리 살아가면서
너와 나를 헤어지게 하는
강(江) 같은 어려움이 닥쳐온다 해도
피하거나 먼저 건너려 하지 말자.
서로 반반씩만 건너 중간에서 만나
네가 건너온 반과
내가 지나온 반을 합쳐
하나가 되어 어려움을 헤쳐 나가자.

사랑하는 아들아!
너는 세상에서 제일 아름다운 것이
무엇이라 생각하느냐?
세상의 모든 것은 반과 반이 합쳐져

하나가 될 때 아름답다는 것을
어른이 되면 알게 될 거다.

어느 시인의 말처럼
행복은 저 산 너머에 있는 게 아니라.
우리들이 살고 있는
현재의 삶이 행복이란 말처럼
너와 내가
웃고 울며 부딪치며 살아가고 있는
현실 속에 있다는 것을
현재 네가 친구를 만나고
하루 내내 만화나 영화를 본다고 엄마에게 꾸지람을 듣고
때론 어른들의 시선을 피하여
친구들과 몰려가 피시방에서 인터넷을 하는 것도
그래서 귀가 시간이 늦었다고
어른들께 잔소리를 듣는 것도
먼 훗날의 행복이라는 것을 명심하기 바란다.
네가 현재 기뻐하는 시간도
네가 현재 슬퍼하는 것도
현재의 네 눈물도
미래의 네 부푼 꿈들이

하루치의 생각이라 해도
쓸모없이 버려지는 것이 아닌
먼 훗날에
행복이고,
추억이고,
기쁨임을 명심하기 바란다.

아들아!
내 사랑하는 아들아!
현재를 충실하게 사는 것만이
네 자신이 하고 싶은 대로
후회 없는 삶을 사는 것만이
인생을 멋들어지게 사는 것이다.

먼 훗날
네가 어른이 되어
인생을 아낌없이 살았노라.
자신 있게 말할 수 있다면
아버지는 행복하게 생각하겠노라.

사랑하는 아들아 4

사랑하는 아들아!
인생에서
현재의 삶보다도
더 행복한 삶은 없나니.
현실에 만족하고 노력하는 시간만큼
이상의 현실을 찾아
아등바등 노력하는 시간만큼
행복한 시간은 없나니.
주어진 현실 속에서
그 이상의 행복을 찾는다는 것은
인생에 있어 헛된 시간이려니
사람들은 가끔
지금의 행복보다 더 나은 행복을 꿈꾸며
참된 시간을 소비하기도 하지만
지금의 시간이
현재의 고난이
이 세상 최고의 행복이나니.
더 나은 꿈을 꿀 수 있는 현실이
있다는 자체로만으로도 행복한 삶이려니
현실의 행복과 소중함을 잊어버리고
미래의 행복만 좇는다면

그것은 불행한 삶의 시초가 된다는 것을….
아등바등 살아가는 삶이
가난에 허덕이는 현실의 삶이
물질적으로 부유한 삶보다도
높은 의자에 앉아 내려다보는 삶보다도
더 행복하나니.
더 오를 수 있는 희망과
더 품을 수 있는 꿈이 있기 때문에
아들아,
너의 삶이
힘들고 고달프더라도
현실을 괴로워하거나
현실을 슬퍼하지 말라.
다 네가 짊어지고 가야 할
너만이 가질 수 있는 유일한 희망이노라.
현재의 삶을 행복하게 살고 있는 자는
지나온 과거를 후회하지 않을 것이며
현재의 삶을 버리지 않는 자만이
미래의 행복한 삶을 얻을 수 있노라.

사랑하는 아들아 5

아들아!
삶을 살다 보면
가진 것은 없어도
많은 것을 버려야 할 때가 있다.

아들아!
주위를 한번 둘러보아라.
어떤 사람들은
눈에 보이는 모두가
자기 것이라는
욕심으로
가슴으로 담을 수 있는
그 이상을 담으려고 욕심을 부리기도 한다.

또
어떤 이들은 눈을 뜨고도
더 뜨고 세상을 보려 한다.
자기 눈이 찢어지는 것도 모르면서
욕심을 부리며

현실 이상의 것을 바라보려 한다.

볼 수 있는 그대로
세상을 보는 일들이
손으로 쥘 수 있는 만큼만
움켜쥘 때
세상은 가장 아름다운 풍경으로 다가오지만
물욕으로 가득 찬 마음 때문에
그 아름다운 모습을 보지 못하는 사람들이
우리 주위에 흔하다.
아들아!
인생을 살아가면서
볼 수 있는 만큼만 볼 때
가질 수 있는 만큼만 소유할 때
채울 수 있는 만큼만 채울 때
세상이 그 얼마나 아름답더냐?
그 이상도, 이하도 아닌
더도 덜도 아닌 만큼만
소유하고, 볼 때

우리 사는 세상이 가장 행복하지 않더냐?

나무는 가을의 끝에서
겨울의 시작이라는 것을 알고
내일을 위하여 모든 것을 버린다.
버림으로써,
그래야
봄이 온다는 진리를 알고
자연의 이치에 순응하며 살아간다.

나무처럼
취해야 할 때
취하고
버려야 할 때
버릴 줄 아는 삶이
정녕 아름답지 않더냐?

때로는
버릴 줄 아는 삶이

인생에 있어 지혜로는 선택이고
생명을 유지할 수 있는 방법이란 걸.
때로는
버림으로 인하여
새로운 것을 채울 수 있는 기회를
얻을 수 있다는 것을 알아야 한다.
버려야 할 것을
버리지 못해
갖고 있음으로써
새로운 것을 얻을 수 없다면
더 이상의 불행은 없지 않느냐?

아들아!
내 사랑하는 아들아,
너는
세상을 살아가면서
어떤 나무로 살겠느냐?
봄에는 푸릇푸릇한 새싹을 띄우고
여름에는 무성한 잎새를 키우며

가을에는 튼실한 열매를 맺고
겨울에는 추위에도 아랑곳하지 않고
꼿꼿하게 서서 사는
버려야 할 때 버릴 줄 아는
그런 나무가 될 수 있느냐?

아들아!
세상에 모든 부모들은
그런 나무가 되기를 원한다.
저 산에
뿌리를 내리고 서 있는 모든 나무들이
그러한 순리에 따름으로서
지금까지 생명을 유지하며
아름답게 서 있는지도 모른다.

내 사랑하는 아들아!
인생이 고단하고 힘들더라도
내 앞에 당장 삶의 절망이 올지라도
포기하지 마라.

절망하지 마라.
그 순간을 역으로
너는 큰 꿈을 가져야 한다.

삶을 포기하고 싶을 때
불타오르는 젊음으로 노력했으나
희망이 없다고 생각했을 때
모든 것이 끝이라고 자포자기했을 때
그 순간이야말로
제일 큰 꿈을 가질 수 있는 절호의 기회다.

나의 사랑하는 아들아!
훗날 네가 선택에 기로에 섰을 때
이 길이냐 저 길이냐
네가 고민에 고민을 할 때
오로지 혼자서 결정을 해야 할 때
결정의 순간에서
이 글이 조금이나마 도움이 되었으면
아빠로서 더 이상의 행복은 없겠다.

타오르는 여름날
무더운 햇살을 가려줄 수 있는
조그만 한 닢의 잎이라도 되었으면 좋겠다.

사랑하는 아들아!
어느 힘든 순간이 닥쳐와도
절대 포기하지 말고
절대 절망하지 마라
절대 후회하지도 말고
남자로서 가슴속 깊이 품은 꿈을 버리지 마라.

네가 만약
포기하거나
절망하거나
후회라는
잘못된 선택을 한다면
그 선택은 순간이지만
그 선택으로 인한 아픔은
두고두고 너의 삶을 괴롭힐 것이다.

아들아!
너는 너의 인생을 위하여
나약하게 행동하지 마라.
비관적으로 행동하지 마라.
너의 젊음을 바쳐 불태울
그런 희망적인, 발전적인 행동에
너의 젊음과 정열을 모두 투자하라.
그러면 너는 분명 무언가를 이룰 것이다.
너는 분명 무언가를 할 수 있을 것이다.

가뭄으로 메마른 강바닥이
가장 많은 물을 담을 수 있는 공간이 있듯
절망이 가장 깊다고 생각할 때
가장 큰 희망을 품을 수 있다.

가장 슬프다고 생각할 때
가장 큰 기쁨을 담을 수 있고
가장 낮다고 생각할 때
제일 높이 오를 수 있는 희망이 있다.

아들아!
한번쯤 생각해 보아라.
높은 산이
긴 강을 만들고
긴 강은
가뭄에도 메마르지 않고
무수한 물고기들을 키우며 흘러간다는 것을
또한, 그 강이 길고 긴 길을 만든다는 것을
높고, 크고, 긴, 무소유를
네가 힘들 때마다 생각하고
네 삶에서 기억하라
그러면 너는 분명 후회하지 않는 삶을 살 것이다.

네가 하고자 하는 일은
내 마음속에 있는 가식을 버렸을 때
내 허황된 마음을 비웠을 때
내 자신 속에 차있는 물욕을 버렸을 때
내 생각 속에 있는 거짓을 버렸을 때
이룰 수 있는 일들이다.

사심과 물욕이 있으면
너의 꿈은 이루어지지 않으리라.

버리면 손해라고 생각하는 것을
버릴 수 있을 때
나에게는 쓸모없지만
남 주기는 아까워 가지고 있는 것들을
과감히 나누어 줄 때
정녕 버리지 못해
소유하고 있는 것들을
마음을 비우고 과감히 버릴 때만이
너는 네 모든 것을 얻을 수 있다.

사랑하는 아들아!
네 삶이 행복하려면
가진 것은 없어도 버려야 한다.
사람들은 버릴 것이 없다지만
버릴 것이 너무 많은 게 우리의 인생이다.

인생은

물질을 소유할 때보다

물욕을 버릴 때 행복하다는

진리를 아는 자만이

먼저 행복의 기쁨을 누릴 수 있다.

인생에 있어

버리면 버릴수록

행복은 너의 것이 된다.

사랑하는 아들아!

오늘 하루의 끝에서

나는 무엇을 버렸는가?

나는 오늘 무엇을 행하고 버렸는가?

한번쯤 뒤돌아보는

그런 시간을 가져보자.

사랑하는 아들아 6

사랑하는 아들아!
오늘도 이 아빠는
너의 환한 얼굴을 그려보며
네가 밟았을
하루의 행적을 따라가며 기쁜 마음으로 밟아본다.

이렇게
너를 생각하고
너의 하루를 뒤쫓는 시간만으로도
이 아빠는 얼마나 행복한지 모른단다.

아들아,
네가 잘났건 못났건
네가 울고 있건 웃고 있건 간에
공부를 잘하건 못하건 간에
네가 세상에 있는 자체만으로도
나는 행복을 느끼고 감사함을 느낀다.

너를 생각할 수 있는 시간

너를 내 가슴으로 품을 수 있는
그런 사랑이 있다는 것 자체만으로도
이 아빠가 가진 모든 것을 다 버려도
아깝지 않단다.
세상의 모든 부모 마음이 이 같을 것이다.
아니 부모 마음이야 한결같이 다 똑같단다.

아들아!
사람이 언제 가장 아름다운지
너는 아느냐?
사람이 사람다웠을 때
사람이 사람다운 행동을 했을 때
화사한 꽃처럼
새벽녘 풀잎에 맺힌 맑은 이슬처럼
제일 아름답고
사람으로서 대접을 받을 수 있단다.
이성을 가지고
옳고 그름을 판단할 수 있고
해야 할 일과 하지 말아야 할 일을

구분하여 행할 때
그때 사람다운 사람이 되고
참사람으로 인정받을 수 있다.

아들아!
내가 사람으로 인정받고 싶다면
네가 인정받고 싶은 만큼
상대를 진정으로 인정하고
조건 없는 마음으로 상대에게 다가가
상대와 같은 높이로 세상을 보아라.
상대를 조건 없는 사람으로 대하였을 때만이
네가 상대로부터 인정받을 수 있다.
나를 상대보다 조금 낮추거나
상대를 나 이상의 높이로 대한다면
내가 진정한 사람으로 인정받을 수 있다는 것을
삶에 있어 명심하라.

상대보다 높이 있다고 생각하면
타인으로부터

인정받고 싶어도 인정받지 못한다.
상대방보다 말과 행동을 높게 하면 안 된다.

내 아들아!
상대방과의 대화에서 상대를 높여주어
나를 낮추고
행동에서 상대보다 최대한 작게 하여
상대의 행동을 내 행동보다 더 화려하게 해주어라.
천천히 가되 상대보다 더 멀리 가고
낮게 가되 상대보다 더 높이 오를 수 있다면
너는 분명 상대로부터 인정받고
모든 사람들로부터 높게 인정받을 것이다.

또한
글을 쓸 때도
상대를 비방하거나 폄하하는 글보다는
상대가 읽고 웃을 수 있는 내용과
칭찬하는 글과
읽고 희망을 가질 수 있는 글을 쓰고

상대방을 향하여 말을 할 때도
듣기 좋은 말을 하여
상대로 하여금 기분을 좋게 하라.

나의 말로 인하여
상대방이 기뻐하는 모습을 볼 수 있다면
나 자신도 당연히 기분이 좋을 것이다.
반대로 생각해보자.
가령 상대방에게 욕설을 한다면
상대방을 욕하는 시간 동안
나의 몸에는 독기가 차 있을 것이며
선한 마음보다는 악한 마음이 가득할 것이다.
그러니 글을 쓸 때는 좋은 내용의 글을
말을 할 때는 상대방이 호응할 수 있는 말을
최대한 많이 하라.
기왕 표현할 것이면 좋은 말과 글이 좋지 않겠느냐?

아들아!
좋은 말이라고 다 좋은 것은 아니다.

생각하기에 따라서는

좋은 말이 아부가 될 수도 있다.

조심할 것은 말을 하되 진실성과 동떨어진

아부를 하지 말아야 한다.

남자로서 아부를 한다는 것은

이치에 어긋나는 일임을 명심하여라

아부는 나를 화려하게 할 수는 있어도

나를 최대한 빨리 죽이는 길임을 잊지 말아야 한다.

오늘 하루도 태양이 지는 것을 보며

내일을 준비해야 할 것 같구나.

아들아!

준비하는 자만이

준비된 자만이

내일의 희망찬 태양을 볼 수 있다.

그렇지 않으면

내일의 태양은 떠오르지 않는다.

너의 오늘 하루도

행복했다면

나의 하루도 행복하단다.
네가 있는 동안
너의 하루는 나의 하루가 되고
너를 통하여 나의 하루는 행복을 느끼며 살아간다.

아들아,
내일은 내일의 너의 찬란한 태양이 뜬다
우리 아침 일찍 그 태양을 같이 만나자.
우리 언제나 함께 살아가자,
너와 내가 사는 동안.

사랑하는 아들아 7

사랑하는 아들아!
사람은 존재하기 위하여
나 아닌 타인과 관계를 맺으며 살고
내가 타인과 관계를 맺음으로써
세상에 내가 존재한다.
나란 존재는 내가 존재시키는 것이 아니고
타인이 만들어 주는 것이다.

살아가는 세상 속에 나란 존재를
사람들의 기억 속에 오래 남겨두려면
내가 먼저
상대를 잊지 말고 오래도록 기억해주어야 한다.
이름까지 잊지 않고 기억해주는 일이야말로
상대를 기쁘게 하고
나를 오래도록 기억하게 만드는 일이다.
나는 그를 잊은 지 오래였는데
나를 잊었다고 생각하는 사람이
만나는 순간 내 이름을 부르며
손을 내밀며 인사를 건넬 때

내 이름을 잊지 않고 기억해주는 것이
그 얼마나 고맙더냐.
살다 보면 우리 주위에 미운 사람보다
고마운 사람들이 많다는 것을 알게 된단다.
그러한 사람들이 나를
진정으로 사랑해 줄 사람들이다.

그렇다면
나는 상대에게 어떠한 마음으로 다가가야 할까?
내가 어떻게 해야 하느냐는 명명백백하다.
상대의 얼굴을 잊지 않고 기억해주는 일과
마지막까지도 상대의 이름을 오래 기억하면서
잊지 않고 불러주고는 일이다.
상대의 얼굴을 오래 기억해주는 일이
이름을 잊지 않고 불러주는 일이
상대로부터 나를 오래도록 기억하게 하는 일이다.

아들아!
명심하여라.

내가 상대의 이름을 기억해주고
상대를 존중해주는 일들이
나를 상대로부터 존중받게 할 수 있고
내 이름을 오래도록 기억하게 만드는 일임을.

또한 사람이란
세상에서 제일 추악하기도 하는가 하면
세상에서 제일 아름답기도 하는
이중성과 양면성을 지니고 있다.
이 아빠도 마찬가지고
너도 살아가다 보면 양면성을 갖기 마련이다.
그것은 어쩔 수 없는 일이다.
양면을 다 선택할 수 있는 인간이라
당연한지도 모른다.

사람은 이성적으로 생각하는 동물이기도 하지만
이익을 좇는 이기적인 동물이기도 하기 때문이다.
사람은 남을 먼저 배려하기 전에
손익을 계산하여 자기의 이익에 따라

행동하기도 한다.

그러나

사람에 따라

양심을 어디에 두느냐에 따라

행동을 어떻게 하느냐에 따라

사람이 되기도 하고

짐승에 탈을 쓴 인간이 되기도 한다.

어쩌면 이 글을 쓰고 있는 나도

그 반대의 생각을 하고 있는지 모르지만

판단에 있어 옳은 생각과

올바른 행동으로 살려고 노력하고 있다.

아들아!

너라면 어떻게 생각하며

어떠한 행동으로 살아가겠느냐?

아들아,

세상에서 제일 순수하고 깨끗해야 할 것이

무엇인지 아느냐?

그것은 바로 우리가 수없이 내뱉는 말이다.

일어나서 잠들 때까지 중얼거리는 말 중에

남을 비방하거나

독기가 있거나

살기를 품으면 절대로 안 된다.

말로 인하여 사람 목숨이 오고 가는 그런 일들이

우리 주변에서 수없이 일어나고 있지 않더냐?

내뱉는 말 중에

그 어느 한마디라도 맑지 않으면

말이 될 수 없다.

한 마디 한 마디 신중에 신중을 기하여

세상으로 뱉어라.

헛되이 뱉은 말은 나에게로 되돌아와

눈물이 될 것이며

내 입속에 머물고 있는 말은

나의 판단 속에 나만의 소유물이며

세상으로 나가기 전까지는 되돌릴 수도 있지만,

입을 떠나 허공으로 던져진 말은

주워 담을 수도 없는, 나만의 것이 아닌

세상의 공유물이 된다.

그러니 말을 하려거든, 아무렇게나 툭 내뱉지 말고
책임질 수 없는 말은 절대 하지도 말고 생각도 마라.
말을 하기 전에
신중을 기하고 나서도
그 말의 의미를 되새겨보아라.
분명 좋은 말이라도 그 말로 인하여
누군가는 상처받는 사람이 있다.

사랑하는 아들아!
동일 사물을 보고 말을 어떻게 하느냐에 따라
사람이 추하게 보이기도 하고
아름답게 보이기도 한다.
말(言)이 말(言) 같지 않으면
더러운 똥보다 더 몇백 배 더 더럽고
칼보다 더 날카롭다.
때로는 말 한마디는
비수보다 더 예리하다.
말 한 마디 한 마디는 신중하게 해야 한다.
아들아!

명심해야 할 것은
세상을 살아가면서
네가 세상으로 내뱉은 말이
칼이 되고 비수가 되어 눈물을 만들면
절대로 안 된다.
너의 말 한마디가
누군가에게 힘이 되고, 물이 되고, 희망이 되고 웃음이 되어야 한다.

사랑하는 아들아 8

사랑하는 나의 아들아!
나는 지금 인생길 어디쯤 서 있는 것일까?
살아가다 보면 가끔 이런 생각이 들곤 한다.
내 나이 사십 대, 내 삶은
그리 높지도 낮지도 않은
어느 산비탈 중간쯤에서
하늘만을 향해 힘겹게 커가는 나무처럼
그런 삶으로 인생 중반에서 살고 있지는 않을까?
경사진 땅 위에서
몸을 곧게 세우기 위하여
세상과는 비스듬하게 각을 세우며
하늘과는 수직이 되기 위해
날이면 날마다 몸부림치며, 있는 힘을 다해
살고 있는 삶이 아닐까 싶다.
하늘만을 바라보는, 오직 한길
힘들더라도 그게 진실이라 믿으며
땅과는 수직이 될 수 없는 각을 세우며
살고 있는 저 비스듬한 언덕에 나무들처럼
이 아빠도

그렇게 살려고 한다.
아름드리나무처럼 풍만한 마음과 아름다움으로
새들을 품속으로 부르고
사람들을 불러 모아 그늘에 앉히고
인생의 어느 중간쯤에서
더도 말고 덜도 말고
이 사람 저 사람 어울려 살갗 맞대며
정겨웁게, 때로는 눈물도 흘리며
그렇게 살고 싶다.

아들아!
산 중간, 비탈에 서 있는
이름 없는 나무들도 때로는
산 위 정상을 꿈꾸거나
들녘의 평지를 꿈꾸기도 한다.
때로는 살다 보면
높은 곳에서는 낮은 곳의 안락함을 그리워하고
낮은 곳에서는 높은 곳의 아름다움만을 생각하여
현 위치의 중요함을 잊기도 하지.

사람들처럼 나무들도 꿈이 있단다.
현재의 서 있는 자리를 불평하거나
불만을 갖고 있기도 하지.
잎이 노랗게 말라 죽어가는 나무들을 보면 안다.
때론 잘못 선택된 자리로 인하여
아까운 생명까지도 잃기도 한다.

아들아, 보아라.
한 번쯤은 현재의 위치에서,
네가 서 있는 자리에서 아래를 내려다볼 줄도
위를 올려다볼 줄도 알아야 한다.
더욱 중요한 것은 그 자리의 장단점을 아는 일이다.
우둔한 사람은 장단점 중 하나만 보게 될 것이다.
사물을 보되 항상 양면을 볼 줄 알아야 하고,
그 양면의 장단점을 빨리 찾아낼 줄 알아야 한다.
지혜로운 사람들은 찾아낸 단점을 장점으로
장점은 단점이 되지 않게
그에 알맞은 행동과 처신을 한다는 것이다.
네, 주위를 한번 둘러보아라.

예의 바른 사람들이 얼마나 많더냐?
만약 네 주위에 그런 사람들이 없다면
네 인생을, 네 삶을 다시 한번 돌아봐야 한다.
그런 사람이 네 주위에 많을수록
너의 삶은 진실하고,
타인으로부터 인정을 받을 것이다.

사람들은 가끔 잘못을 저지르기도 한다.
현재 자신의 위치를, 현재의 자리의 소중함을 모르고
그 이상의 높거나 좋은 곳만을 찾다가
현재의 자리를 잃는 우를 범하곤 한다.

사랑하는 나의 아들아!
어느 산 중간에서 바라볼 때
저 아래 평지에 서 있는 나무들이
얼마나 아름답고 멋지게 살고 있느냐?
고른 가지와 햇볕에 반짝이는 푸르른 나뭇잎들 하며
큰바람 없는 잔잔한 바람으로만 속삭이는
산 정상에 서 있는 나무들도 올려다보아라.

하늘 아래 높은 곳에서 세상을 내려다볼 수 있는 행복과 풍경들.
밤하늘 반짝이는 별을 제일 먼저 볼 수 있는 기회와.

허나 그들도 그들 나름대로 근심 걱정이 있다.
높은 곳에서는 물이 없어 일 년 내내 목마름을 견뎌야 하고,
바람의 힘을 이겨내야 하는 바람보다 더 큰 힘이 필요하다.
바람 없는 날이 없기에 밤낮으로 흔들리며 사는 아픔이 있다.
아래로 내려가고 가고 싶은 희망과….
낮은 곳에서는
언제 날아들지 모를 날카로운 도끼날의 두려움과
불쏘시개가 되지 않기 위하여
사람들을 위해 그늘을 만들어 주어야 하는.
한여름이 매미 울음소리를 밤낮으로 들어주어야 하는 괴로움이 있
다.
위로 올라가고 싶은 욕망과.

아들아!
꿈만 가진다고 해서 될 일이 아니다.
꿈을 갖되 그 꿈속에 있는 아픔조차도

사랑할 수 있다면 원대한 꿈을 가져도 좋다.
그리고 그곳을 향하여 걸어가라.
원대한 꿈일수록, 아름다운 꿈일수록
그 내면에는 헤쳐 나가야 할 아픔이 많다는 것을
절대로 잊어서는 안 된다.

아들아!
네 삶은 지금 어디쯤 서 있을까?
네 나이, 아마도 산을 막 오르려는 순간이 아닐까 싶다.
그렇다면 오르기 전에
필요한 장비를 갖추는 일을 게을리하지 말고
오르다 후회하거나 되돌아오는 일이 없도록
만반의 준비를 하여라.
준비된 자만이 승리의 기쁨을 얻을 수 있노라.
인생길, 산에 한 번 들어서면 절대로 되돌아올 수 없다.
산이란 오르는 사람만이 정상을 허락하고
정상에 선 사람에게만 내려갈 수 있는 길을 열어 준다.

현재의 네 자리, 네 위치

이 세상에서 제일 행복한 순간이다.
아래로 내려갈 수도
위로 올라갈 수도 있으니,
네가 어떻게 하느냐에 따라
네 인생은 좌우된다.
아들아, 이제 어떻게 하겠느냐?

현재의 삶에 충실하는 것이야말로
양면을 다 취할 수 있는 것이다.
현재의 위치를 잊지 말고
현재의 삶을 존중하고
현재의 삶을 사랑하라.

사랑하는 아들아 9

사랑하는 아들아!

너에게 미안하다는 말을 하고 싶구나.

어제 낮에 너를 혼내놓고 이 아빠가 얼마나 후회를 했는지 모른다.

오늘까지도 내 마음이 아픈 것이,

어쩌면 너에게 큰 죄를 지어서일까?

네가 이 아빠를 용서해 준다는 말을 해야

이 아빠의 미안한 마음이 풀릴 것 같구나.

어제 네가 슈퍼에서 무언가를 사러 간다고 하여 허락했다가

네가 늦게 들어왔다고 막무가내로 혼냈지.

너를 한참이나 찾아다니다 길거리에서 너를 만나자마자

큰소리로 혼냈던 일이 얼마나 후회가 되는지 넌 모를 거다.

이 아빠는 너를 혼내고 뒤돌아서서부터 후회를 했단다.

아들아!

오늘까지도 그 미안함이 풀리지 않는구나.

어떻게 했으면 좋겠니?

그 일로 너는 얼마나 이 아빠가 미웠겠니?

내가 너를 혼낼 때 네가 말했지.

아빠 제가 집 나온 지 시간이 얼마 되지 않았어요.

문방구랑 마트에서 이것을 사 왔어요.

정말 저 아무 데도 가지 않고 이것만 사 왔어요.
너는 손에 든 것을 나에게 보란 듯 내밀며 너의 결백을 주장했지만
아빠는 너의 주장을 믿으려 하지 않고
길거리에서 너를 만나자 큰소리로 나무랐지.
너의 결백을 이해해주지 않아
너의 여린 마음에 얼마나 큰 상처를 입었을까?
오늘 하루 내내 내가 용서되지 않는 하루였다.

여린 마음에 상처를 주어 정말로 미안하다.
이 아빠가 조금만 참았더라면, 조금만 이해했더라면 될 텐데…,
참지 못하고 너에게 소리를 질렀구나.
이 아빠는 네가 미워서 그런 게 아니란 걸 이해하기 바란다.
네가 정녕코 미워서 그런 게 아니란 걸 이해해주기 바란다.
먼 훗날 이 글을 읽고 이 아빠를 용서해줄 수 있는 시간이 있었으면
고맙겠다.
정녕 네가 미워서 그런 게 아니란 걸….

사랑하는 아들아 10

어둑어둑한 밤 8시쯤,

나는 초등학생인 아들과 그 위 누나와 함께 셋이 필요한 물건들을 구입하기 위해 마트를 갔다. 한참 필요한 물건들을 이것저것 고르고 있는데 아들 녀석이 원망스런 표정을 지으며 물어왔다.

"아빠 왜 그런 옷을 입고 왔어요?"

아들 녀석이 뜬금없는 질문에 나는 말문이 막혔다. 내가 입고 있는 옷에 대해 트집을 잡았고 불만스런 표정을 지었다. 나는 어두운 저녁이고 금방 마트를 다녀오리라 생각했기에 옷차림은 신경을 쓰지 않았다. 집안에서 입고 지내던 평상복 차림의 추리닝을 입고 있었다. 평상시 밖으로 외출할 때는 옷을 갖추어 입었는데 오늘따라 필요한 물건 몇 가지만 대충 구입하여 올 생각으로 옷은 신경을 쓰지 않았다. 아들 녀석의 원망스런 표정이 궁금하여 나는 묻지 않을 수 없었다.

"왜 그러는데…?"

아들 녀석은 뒤만 쭈뼛쭈뼛 뒤돌아볼 뿐, 대답하지 않았다. 옆에 있던 누나인 딸아이가 나의 궁금증을 풀어주었다.

"아빠, 저기 있잖아, 저기 오는 제, 제가 해용이랑 사귄데."

딸아이는 몇 발짝 뒤에 따라오고 있는 아들 녀석의 여자친구를 가리키며 말을 했다. 두 녀석은 내가 물건을 구입하는 중에 여자친구에 대하여 대화를 나눈 모양 있었다.

"뭐야, 사귄다고? 어떻게 사귀는데?"

"그냥 사귄대요."

아들 녀석은 여자친구를 만나자 아빠인 내가 옷을 허름하게 입고 있는 게 무척 신경이 쓰였나 보았다.

"해용아, 그럼 네 아빠 아니라고 해."

"이렇게 같이 있는데 어떻게 아빠가 아니라고 해요?"

아들 녀석은 화가 많이 났는지 나를 향해 톡 쏘아붙였다.

나는 아들 녀석을 놀려 주려고 한마디 더 했다.

"네 친구가 옆에 오면 나를 향해 '아저씨' 하고 크게 불러라."

나는 오늘 뜻하지 않은 사건을 접하게 되었다.

벌써부터 여자친구 앞에서 부끄러움을 타는 녀석, 그렇다면 아들 녀석도 이성을 느끼는 나이가 된 걸까? 내 아이의 말과 행동이 나쁘다는 것은 아니다. 익히 들어왔던 이야기가 생각난다. 오래전 어느 시골 초등학교에서 일어난 사건이지만 믿고 싶지 않은 이야기다.

어느 날 아버지가 학교로 딸을 찾아왔는데 아버지는 논에서 일하다 왔기에 옷에 흙이 잔뜩 묻어있고 헤어져서 지저분하여 거지나 다름이 없을 정도였다. 딸은 그런 자기 아버지의 모습과 한쪽 눈이 장애 눈인 것이 창피하여 친구들에게 자기 집에서 일하는 하인이라고 친구들에게 말을 둘러댔다고 했다는 이야기가 있다. 실화(實話)라고 믿어도 손색이 없는 이야기가 생각난다. 나를 낳아준 부모님은 못나도 내 부모요, 잘나도 내 부모요. 가끔 사람의 인격이 물질이 많고 적음으로 인하여 가려지는 부도덕한 일이 왕왕 발생하고 있는 현실이 안타까울 때가 있다. 부모 잘 만나 호강한다는 사회 일반적인 부러움의 현상과 장애가 되어버린 부모님의 신체를 창피하게 생각하는 자식들도 있는가 하면, 그나마 그런 부모님이 있었기에 내가 존재한다는 사실을 불효자식들은 알지 못한다.

아들은 어린 마음에 여자친구를 만나니 조그만 녀석이 신경이 쓰였었나 보다. 세상은 나 혼자만 사는 게 아니란 걸 네가 다시금 알려주었구나.
아들아, 미안하다. 너도 어른이 되어 가는구나.

사랑하는 아들아 11

사랑하는 아들아!

네가 집을 떠난 지도 벌써 이틀이 지났다.

지금쯤이면 제주도 어느 수련원에서 저녁을 먹고

친구들과 어울려 놀고 있겠지.

네가 옆에 없으니 네 생각이 간절하구나.

어젯밤 엄마랑 네 이야기를 했단다.

같이 있을 땐 웬수 아닌 웬수 같더니

막상 눈앞에 보이지 않으니 보고 싶다.

까불고 장난을 치던 네 모습이 선하구나.

낮에 너의 전화를 받고 이 아빠는 얼마나 기분이 좋았는지 모른다.

네가 전화로 물었지.

"아빠 선물 사가야 돼?"

그래서 내가 되물었지.

"너 돈 있어?"

"아니 없어."

아빠는 네가 선물을 살 수 있는 돈이 없다는 걸 알고 있었다.

"돈이 부족하지?"

네가 누군가의 핸드폰을 빌려 아빠에게 전화할 때는 친구들과 기념
품 매장에서 무엇을 살까 고민을 하다가 전화를 했으리라 이 아빠

는 보지 않아도 알 수 있었단다. 선물을 사려고 보니 엄마 아빠 할머니 할아버지 누나가 생각나 가족 모두의 선물을 사려고 했지만 계산을 해보니 돈이 부족했지. 그래서 선물을 살까말까 망설이다 전화를 했겠지. 용돈을 더 주려는 이 아빠에게 됐다면서 극구 사양하던 너였지.

아빠는 용돈을 더 주고 싶었단다. 아주 많이.

아들아, 무슨 일을 하든 간에 항상 만반의 준비된 자세로 임해야 한다는 걸 알아야 한다.

네가 크면 알게 될 거다.

여유 있는 자세와 준비된 행동만이 좋은 결과를 얻을 수 있다는 것을.

아들아, 네가 선물을 사오지 않아도 이 아빠는 네가 재미있게 놀다만 와주어도 너무나 좋단다. 재미있게 놀다가 와서 웃음 가득한 이야기보따리를 풀어주렴.

아들아, 여기는 비가 너무 많이 내리는데 제주도는 비 많이 오지 않니?

네가 걱정된다. 비가 오는데 비를 맞고 다니지는 않는지?

도로가 질척거리는데 구경은 잘하고 있는지?

너와 관계되는 일과 행동하는 모든 것이 걱정되는구나.

사랑하는 아들아!

아빠는 너를 믿는다. 친구들과 재미있게 놀다 올 거란 걸.

네가 돌아오는 모레가 너무나 기다려진다.

연안부두에 아침 8시에 도착하지?

네가 제주도를 출발할 때 아빠 엄마가 직장 관계로 연안부두까지 데려다주지도 못하여 더욱 미안하구나.

네가 도착하는 그 날은 꼭 마중을 나가마.

배웅을 해주지 못해 네가 돌아오면 무엇을 할 것인가를 생각하고 있단다.

네가 좋아하는 수영장을 갈까 아니면 영화를 볼까?

아니면 넌 이 아빠랑 무엇을 하고 싶니?

사랑하는 아들아!

우리 그날은 너와 아빠가 환한 미소를 지을 수 있는 재미있는 일을 하자.

아무쪼록 재미있게 놀다 오길 바란다.

사랑하는 아들아 12

사랑하는 아들아!
이 아빠가 오늘도 너에게 편지를 쓴다.
무더웠던 한여름의 더위가 한풀 꺾여
밤낮으로 선선한 바람이 부는 요즘
여름방학은 잘 보내고 있는 거니?
방학을 시작할 때는 신이 났는데
끝나는 날짜가 다가오니 아쉽지 않니?
너의 신나는 방학이 아쉽게 끝나가고 있구나.
방학이라고 해도 너와 함께 놀아준 시간이 별로 없어
아빠로서 많은 후회가 든다.
생각해보니 너 홀로 지내는 시간이 많았구나.
사랑하는 아들아!
시간이 흐르면 흐를수록
세상에 홀로 서야 된다는 것을
가슴이 크면 클수록
혼자서도 숨을 쉬어야 한다는 것을
알아야 한다.
어른이 되어가면서
가족과 함께 하는 시간이 줄어든 만큼

가족의 울타리를 떠나
세상의 사람들과 함께하는 시간이 많아진단다.

아들아,
가족과 함께 하는 시간이 줄어든다고 섭섭해하지 마라.
네가 세상의 더 큰 울타리 속으로 들어가는
그래서 너의 행동을 무한대의 반경으로 넓혀 가는
기회이자 행복한 일이다.

사랑하는 아들아!
네가 지금 홀로 지내는 시간도 서운타 생각 마라.
훗날 세상 속에 홀로서야 하는 일들이 얼마나 많은지 모른다.
지금 혼자 노는 일이
먼 훗날 네가 힘들고 고단할 때
네가 혼자서 결단을 내려야 할 때
너에게 좋은 스승이 될 것이다.

사랑하는 아들아 13

내 사랑하는 아들아!
오늘도 나는 너에게 편지를 쓴다.

이 편지를
네가 먼 훗날 어른이 되었을 때로 부친다.

그리하여
지금이 아닌
네가 어른이 되었을 때 읽어보았으면 좋겠다.

사랑하는 아들아,
세상의 남자들은 유혹에 흔들리며 살아간다.

어릴 적
엄마의 젖은 떼느냐 마느냐로부터 시작하여
술의 유혹과
돈의 유혹과
담배의 휴혹과
그리고 간살스런 유혹과

아름답지 않는 배신 행위로.

아들아!
세상의 현실은 나의 일방적인 생각을
호락호락 허락하지 않는다.
모든 유혹을 너 혼자서도 뿌리칠 수 있을 때
그때 세상은 나의 의지를 받아준다.
나의 모든 생각을 현실로 열어준다.

세상에 달콤한 유혹들로 인하여
쓰러진 사람들이 얼마나 많았더냐?
세상에 간사한 유혹들로 인하여
낙오자가 된 사람들이 얼마나 많았더냐?

그 유혹들로 인하여
남자들은 가끔 울기도 한단다.
고민에 고민을 하기도 한단다.
미안하다 아들아,
이 아빠도 그중에 한 사람이었다는 것을

그러나 지금은 아니란 것을
결코 아니란 것을

내 사랑하는 아들아!
너는 세상의 유혹들로부터
부디 흔들리지 말거라.

세상의 진리는
네가 세상을 유혹하지 않으면
세상이 너를 유혹한다는 것을
명심하기 바란다.

아빠는 그랬으면서
너는 그러지 말라고 말한다고
이 아빠를 욕할지는 몰라도
아니 너에게 욕을 먹더라도
사랑하는 아들, 너를 위하여
할 말은 해야겠구나.

내 사랑하는 아들아!
세상의 유혹에 묻혀본
이 아빠는
그 유혹의 더러움을 알기에
세상의 유혹 속에 묻혀 울어본
이 아빠는
그 유혹의 끝을 알기에
너에게 아빠로서 조언을 한다.

아들아!
어둠의 시작에서 피어나는
저녁노을이 왜 아름다운지 너는 아느냐?
그것은 하루 속에 묻혀있는 많은 유혹을 뿌리치며
세상으로 물들지 않았기 때문이란다.
세상으로 마음을 두지 않았기 때문이다.

저녁노을이 피는 날에는
하늘색도 정말 곱지 않느냐?

아들아!
그래도 네가 정 하고 싶다면
참지 말고 하거라.
그리하여
유혹 속에 빠져보는 일도
그 유혹 속에 숨어있는 더러움도 알 수 있을 것이다.
사랑을 해본 사람만이 이별의 아픔을 알 듯
유혹을 당해본 사람만이
그 유혹에서 벗어날 수 있단다.

사랑하는 아들아,
마지막으로 하고 싶은 말은
세상의 유혹에 너무 깊이 발을 들여놓지 마라.
발을 깊이 넣었을 때는
깊이 들어가서 좋은 일도 있겠지만
발을 빼내는 데 엄청난 시간과 돈과 노력이 든단다.

정(正)이 있으면 부정(不正)이 있다는 것을
기쁨을 누릴 때 한 번쯤은 슬픔을 생각하고

안으로 들어갈 때는 밖으로 나갈 때를
어둠이 있으면 밝음이 있음을
꼭 명심하기 바란다.

내 사랑하는 아들아!
명심하거라.
세상에 유혹 당하지 않으려면
네가 먼저 세상을 유혹하는 거란다.

사랑하는 아들아 14

踏雪歌- 西山大師(金九)

踏雪野中去하니 (눈을 밟으며 들판 가운데를 갈 때는)
不須胡亂行이 (모름지기 함부로 어지럽게 가지 말아라)
今日我行跡도 (오늘 내가 밟아간 발자국은)
遂作後人程이라 (뒤에 따라오는 사람의 노정이 된다)

사랑하는 아들아!
오늘도 하루를 잘 보냈는지 궁금하구나?
오늘 하루가
후회 없는 하루였는지.
오늘 하루를
남김없이 사용하였는지 궁금하구나.
너의 하루가
다른 사람들에게도
만족한 행동이었는지 되묻는다면
너는 자신 있게 대답을 할 수 있느냐?

사랑하는 아들아!

너의 행동 하나하나가
다른 사람들에게 웃음을 줄 수 있는
이웃에게 도움을 줄 수 있는
어려운 사람에게 힘이 될 수 있는
그런 행동이어야 한다.

만약 잘못된 행동으로 손가락질을 받는다면
그것은 분명 잘못된 삶이다.
너의 행동은 내일이면
잘잘못을 알 수 있다
또한 그 잘못된 삶을
얼마나 일찍 바로잡느냐 하는 것도
삶에 있어 중요한 일이다.

사랑하는 내 아들아!
훗날 모든 사람들이
너의 행동을
정도(正道)를 걸었다고 기억하도록
한치의 부끄러움도 없는 떳떳한 행동이었다고

인정받으면

그것으로써 너는 행복한 삶을 살았다.

아들아,

위에 글은 김구 선생이 생전에

자주 인용했다는 서산대사의 글이다.

마음에 와닿는 글이라

이 아빠가 자주 읽고

내 행동 가까이 두는 글이다.

이 글을 읽노라면 나는 부끄러운 마음이 든다.

왜일까?

부처처럼, 공자처럼, 예수처럼

인자하게 살지는 못해도

이 글을 자주 읽으며 생활하려 한다.

나는 가끔 내 행동을 생각해본다.

과연 현재(現在) 내가 행(行)하고 있는 나의 행동(行動)들이 옳은가?

나는 가식(假植) 없는 삶을 살고 있는가?

현재 가고 있는 내 발자국이 뒤따라오는 사람들의 이정표가 될 수는 있는지?

사랑하는 아들아, 분명한 것은
"나의 행동(行動)은 분명 나의 후손들이 그대로 본받을 것이니, 현재(現在)의 행동(行動) 하나하나가 어긋남 없이 진실(眞實)이어야 한다."

사랑하는 아들아 15

"아들아!"

"네, 엄마!"

"이다음에 네가 어른이 되면 이 엄마에게 뭘 해준다고 했지?"

"제가 어른이 되면요, 엄마 맛있는 거랑요, 해외로 여행 가는 거랑
다 해드릴 거예요."

"아들아! 또 있지?"

"네 엄마! 저 장가가면 엄마에게 큰방을 내주고요, 저는 작은방에서
살 거예요. 그리고 다이아 반지랑요, 큰 차도 사 드릴 거예요."

"그리고 엄마하고 언제까지 산다고 했지?"

"제가 결혼을 해도 엄마하고 평생 같이 살 거예요."

"네 부인은?"

"뭐 같이 살면 되죠."

"너 지금 한 말들 꼭 지킬 수 있지?"

"그럼요."

"정말?"

"네, 엄마!"

"나중에 딴말하기 없기다."

"두고 보세요. 제가 지키나 안 지키나."

"아들아, 그럼 혹시 네가 잊어버릴지도 모르니 오늘 한 말을 종이에

적어놓자. 그래야 네가 나중에 딴말하지 않을 거 아니니?”
“엄마! 저를 뭘로 보고 그러세요. 이 아들을 그렇게 못 믿어요?”
“아니 못 믿는 다기보다는….”

사랑하는 아들아!
며칠 전에 네가 엄마와 침대에 누워서 나눈 이야기다.
아빠는 네가 엄마와 나눈 대화를 다 듣고 있었단다.
듣고 있는 자체만으로도 이 아빠는 얼마나 행복했는지 너는 아니?

사랑하는 아들아!
미안하다. 본의 아니게
네가 엄마와 한 약속을 기록으로 남기게 되었구나.
네가 한 말이 이 아빠의 글로 인하여
빠져나갈 수 없는 완벽한 증거가 되어버렸구나.

아들아,
네가 원한다면 훗날 이 글을 엄마에게 보여주지 않고
영원히 묻어둘 수 있단다.
엄마와의 약속을 철회하고 싶거나

지키지 못해 마음에 상처를 입을 수 있다면
나중에 어른이 되거든
이 아빠에게 말을 하거라.
그럼 이 글을 나 혼자만의 글로 간직해주마.

내 사랑하는 아들아!
아빠와 엄마는 네가 한 말을 지킬 수 없다는 것을 안다.
그렇다고
네가 한 말을 지키라고 강요하거나 요구하지도 않을 거다.
그러니 오늘 한 약속을
어른이 되어서 지키지 못했다고 자책을 하거나 너무 상심하지 마라.
이 아빠도 어릴 적에 너처럼 소중한 사람과 약속을 한 적이 있다.

아빠가 너만 할 때였단다.
"엄마, 저 어른이 되면 엄마 맛있는 거 사드릴게요. 껌이랑 고등어,
과자, 그리고 텔레비전도 사줄게요."
"그래, 오냐, 오냐."
"엄마, 용돈도 많이, 아주 많이 드릴게요."
"암, 그래야지. 우리 아들 최고다."

그러시면서 할머니가 손으로 아빠의 등을 토닥여주셨단다.

아들아!
아빠가 어릴 적에 지금 시골에 계신 할머니와 약속을 했단다.
그런데 지금까지 그 약속을 지키지 못하고 있단다.
어른이 되면 용돈을 많이 드린다고 약속을 했는데
아직까지 용돈을 많이 드리지 못한 걸 보니
이 아빠는 아직도 어른이 되지 못한 거 같구나.
그렇다고 할머니가 아빠에게 약속을 지키라고 요구한 적도
그 이야기를 꺼낸 적도 없단다.
나를 시시때때로 괴롭히거나
못살게 하지도 않았단다.
지금까지 모른 체하고 계신단다.

아들아!
소중한 약속을 지키지 않으면 사람들로부터 인정을 받지 못한단다.
사람들이 나와 약속을 하지 않으려 한단다.
생각해봐라.
약속이 없다면 기다릴 수 있는 미래의 희망도 없다는 걸 알아야 한다.

아들아!
나와 약속을 한 할머니 할아버지는
내가 약속을 지키지 않아도 나를 마냥 좋아하신단다.
나에게 부담이 될까 봐 벌써 잊어주었는지도 모르지만 말이다.
아직까지는 약속을 지키라고 요구하지도 않는 걸로 봐서
내가 그 약속을 지키지 않아도 될 것도 같다.
내가 꺼내지 않으면 그 약속은 영원히 묻힐 것만 같다.
나의 생각 여하에 따라 결정될 것 같구나.

아들아,
이 아빠는 어릴 적 그 약속을 잊지 않고 있단다.
지키지는 못해도 그 약속을 잊지 않으려 한다.
영원히 마음속에 간직하며 살고 싶단다.

사랑하는 아들아!
네가 엄마와 한 약속을 잊지 않고 소중히 간직만 해다오.
어느 몇 가지 약속은 지키지 않아도 좋고
삶이 바쁘다면 잠시 잊어도 좋다.

아들아, 사람은 살다 보면 약속을 잊을 수도 있고
일방적으로 파기할 수도 있다.
당연히 그에 따른 결과는 책임져야 한다.
약속을 지키지 않을 때는 배신이 고개를 쳐들고
약속을 지키면 세상의 믿음은 배가 되어 살아가는 행복이 된단다.

아들아, 지금의 네 약속을
잊지 않고 먼 훗날까지 기억만이라도 해다오.
그러면 너는 그 약속을 지킨 것이나 다름이 없다.
이 아빠도 할머니와 한 약속을
언젠가는 지키려고 잊지 않고 있단다.
아니, 어른이 되면 꼭 지킬 것이다.

아들아, 분명한 것은
네 엄마가 살아 계시는 동안은
네 할머니가 살아 계시는 동안은
너도나도 어른이 될 수 없다는 걸 알아야 한다.

사랑하는 아들아 16

나의 사랑하는 아들아!
오늘은 외할아버지 이야기를 하고 싶구나.
너희들을 예뻐하고, 애지중지 보살펴주시는
외할머니 할아버지의 사랑을 아느냐?
아직은 너희는 모를 거다.
할머니 할아버지가 너희를 얼마나 사랑하는지
너희들이 어른이 되면,
훗날 이 세상에 계시지 않을 때쯤이면
그 고마움을, 그 사랑을 알게 될 것이다.
지금은 단순히 잘해주시는구나.
그렇게만 생각이 들 뿐.
외갓집 가까이 살면서 스스럼없이 찾아가고
내 집처럼 생활하기에 외할머니께서 부족한 점들을
하나하나 채워주시기에 그 고마움을 알지 못하고
그게 진정한 사랑인 줄을 모른다.
이 아빠도 그랬으니깐.
할아버지 할머니도
아빠의 할아버지 할머니도
그리고 할아버지의 할아버지도

손자들을 사랑해주셨지.
단지 살아계실 때는 그러한 애틋한 사랑을 모른다는 것이지
너희가 어른이 되면 알게 될 것이다.

아들아,
요즘 외할아버지가 괴로워하고 계시는 것을 너는 알고 있느냐?
강원도 산골 마을에 계시는 할머니께서
몸이 좋지 않다는 소식을 접하고부터
하루도 쉬지 않고 술을 마시고 계신단다.
얼마나 괴로우셨으면 저리 술을 드실까?
나는 이해를 하지만 어린 너희들은 알 리가 없겠지
외할아버지께서 술을 드시고 있을라치면
술 냄새난다고 "할아버지 또 술 드셨어?"
어린 투정을 부리지 않았더냐?
외할아버지는 술이 좋아 술을 드시는 것이 아니다.
무언가를 잊기 위해
지나온 날들을 잊기 위해서가 아니라
앞으로 다가올 괴로운 시간을 잊기 위해
날마다 술을 드신다.

아들아,

외할아버지께서 괴로워하는 일이다.

한번 들어보고 사랑이 어떤 것인지

한번쯤 생각해 보렴

올해는 추석을 지날 무렵

나뭇잎이 하나둘 형형색색 치장을 하고

세상 밖으로 예년보다 서둘러 허공을 가르며 떨어지고 있다.

생의 끝은 세상 밖으로 뒹구는 일이었을까?

아니 버림받는 것으로부터 시작이었을까?

며칠 전 강원도 할머니가 양로원으로 들어가셨다.

횡성에서 큰어머니와 살고 계시는

아흔이 넘은 외할아버지의 엄마인 할머니는

몸이 불편한 큰어머님도 모시기에는 역부족했는지

양로원에 모시면 어떻겠냐고

지난여름 연락이 왔었단다.

사람들에게 좋지 않은 소식은 언제나

일방도로를 타고 질주하듯 속달로 날아들지 않더냐?

부산에 사는 큰아들 내외와는 이야기가 따 끝났다고 했다.

지난여름쯤 양로원에 모시자고 연락이 왔었지만

외할아버지께서

추석 명절이나 지나고 모셔도 늦지 않으니 그때까지만

기다려달라는 외할아버지의 애원이 아직도 바람결에 들리는 듯

길거리 가로수 사이를 누비고 있다.

차분한 듯한 외할아버지의 목소리는

분명 힘이 잔뜩 실려 있었다는 걸 모를 리 없었다.

하루라도 더 가족의 품에서 머물게 하고픈

외할아버지의 간절한 소원이 아직도 내 가슴에 여운으로 남아

가끔 나도 모르게 눈물로 맺히곤 한다.

아흔을 넘긴 할머니는

오래전부터 방에 똥칠을 하고

모처럼 찾아간 외할아버지에게

"누구세요?"

묻다가도, 금세

"애범이냐?"

그러다가도

"나 알아?, 너 왜 왔어요?"

기억력이 정확하지 않았다. 할머니의 겨울은 머지않은 듯했다.

"어머니! 나 둘째 아들입니다. 둘째, 둘째라고요, 저 몰라요?"

소리 높여 불러보았지만, 담 너머 늙은 감나무는
들리지 않는다는 듯 떨어지는 잎새로 손사래를 쳤다.
"어머니…."
외할아버지의 울부짖음은 집 뒤 돌담을 넘고 있었다.

아들아!
이런 모습을 본
외할아버지의 맘은 이때 어땠을까?
이쪽에서는
"산과 논 재산도 많이 물려받았는데
왜 양로원으로 모시자고 하냐
부산에 사는 장손자가 모셔야 하지 않냐?"
"아니 그동안 할머니 모시느라고
큰어머님 혼자 얼마나 고생을 많이 했겠냐?"
"치매 걸린 사람을 모셔보지 않으면 모른다." 등
찬반논쟁이 분분했지만
외할아버지 눈가에는 얘기 적마다
눈물이 고였다.

아들아!
사랑하는 아들아!
너는 아느냐?
마을 어귀에 서 있는 수나무가
왜 가을이면 분통이 터져라 엉엉 우는지
아마도 그것은 사랑하는 사람이
세상 밖으로 떠나려 하기 때문에
슬픔에 겨워
울고 있는 할아버지의 모습이 아닐는지?

사랑하는 아들아 17

아들아!
시간은 멈추지 않고 흐르고
시간이란 한번 가면 영원히 되돌아오지 않는다.
그러하기에 시간이란 소중하기 그지없다.
무더운 날씨에 학교생활은 재미있느냐?
재미보다는 보이지 않는 그 무엇과
힘든 싸움을 하고 있겠지.
학교에서나 집에서
한 곳을 향하여 정열적으로 사는
네 모습을 보는 아빠는
네가 무척이나 대견스럽다.
한번쯤 인생에 있어 무언가에
한번쯤 네 삶에 있어서 정열적으로
승부를 걸어볼 만도 하다.
지금의 정열적인 삶은
훗날 승자의 자리에 서 있을 것이며
남들보다 먼저 달콤한 열매를 먹을 수 있다.
지금의 정열적인 노력은
훗날 너의 삶을 배신하지 않는다.

지금의 너의 노력은
지금의 너의 시간은
남보다 먼저 도착할 수 있는 길이며
남보다 먼저 웃을 수 있는
인생 최대의 기회다.

아들아,
시간에 이끌려가지 말고
항상 시간을 끌고 가라.
주위에서
착하다는 사람
성실하다는 사람
적극적인 사람들이
직장에서나 학교에서나
그 사람 주위에
많은 사람들이 있는 이유를 아느냐?
아들아, 잘 생각해보아라,
친구들이 많이 있는 이유를
어른들에게 착하다는 말을 듣는 이유를

너는 아느냐, 다 이유가 있다.

'불만'보다는 '긍정'을

'아니요' 보다는 '예'를

반대보다는 찬성을

인사를 받기보다는 먼저 인사를 하고

나를 부르기 전에

내가 먼저 친구의 이름을 불러주어라.

그리하면 너의 곁에는

친구가 하나둘 늘어만 갈 것이다.

아들아,

시간에 이끌려가는 사람은

항상 2등이란 걸 잊지 마라.

사랑하는 아들아 18

아들아,
공부든, 삶이든, 운동 경기든
교실에서 1등을 하려고 하지 마라.
학년에서 1등을 하려고 하지 마라.
전교에서 1등을 하려고 하지 마라.
살아가면서 1등을 하려고
목숨을 걸지 마라.
아등바등 애쓰지 마라.
1등을 하지 않아도
세상은 재미나게 살아갈 수 있다.

아들아,
세상은 넓고 시간은 충분하다.
너무 조급해하거나
1등을 하려고 애쓰지 마라.
지금 1등을 한다고 해서
네가 세상을 1등으로 살아가지는 않는다.
또한
꼴등을 한다고 해서

세상을 꼴등으로 살아가지도 않는다.
학창시절 1등을 했던 친구들도
나를 따라오고 있는 친구가 있는가 하면
예전에 나보다 못했던 친구들이
인생에 있어
나보다 앞서가며
더 잘살고 있는 친구들도 많다.

또한
지금 못한다고 절대 주눅 들지 마라
지금의 공부와
지금의 성적은
훗날의 삶에 정비례하지 않는다.
다만 인생에 있어 도움이 된다는 것은
부인할 수 없는 것이기에
온 힘을 다해 열심히 공부해야 한다.
온 힘을 다해 정열적으로 생활해야 한다.

아들아,

세상을 넓게 보고 깊게 생각해라.
하나보다는 여럿을
시작보다는 끝을
우리나라보다는 세계를
지금보다는 미래를 생각해라.
지금 현실의 이익보다는
훗날의 이익을
지금 보이는 1등보다는
훗날의 1등을 생각하고
항상 크게 생각해라.
어른스럽게 생각해라.
지금 학생이라고
학생 수준의 생각에서만
머무르지 말고
어른 이상의 생각을 해라.

지금 너에게는 무궁한 시간과
그리고 기회와 꿈이 있다.
친구들보다 먼저 더 큰 꿈을 꾸고

더 크고 넓게 생각해라.
지금 잘한다고 자만하지 말고
지금 못한다고 포기하지 마라.
어른이 되면
지금의 생활은 언제든 바뀌고,
네 의지에 따라 바꿀 수 있다.

아들아,
지금의 시간과
원하는 것을 얻을 수 있는 기회와
지금 네가 노력하는 모든 것들은
어른이 되어서도
그대로 유지되지 않는다.

아들아,
학교에서 1등이 아닌
전국에서 1등을 꿈꿔라.
전국에서 1등이 아닌
세계에서 1등을 꿈꿔라.

조그만 우물 안에서 꿈꾸지 말고
넓은 강물 속에서 꿈을 꾸어라.
더 넓은 바닷속에서 꿈을 꾸어라.

아들아,
작은 것에 연연하지 말고
큰 것에 목숨을 걸어라.

아들아,
지금의 결과에 안주하지 말고
미래의 결과에 목숨을 걸어라.
미래의 결과는
지금의 열정과 노력에 따라 달라진다.

나무는 움직일 수 있는 사람들보다 더 많은 움직임을 만든다

나무는 꽃을 피우기도 하고
오색 단풍으로 치장하기도 하고
초록의 파릇파릇 생명력을 만들어 내기도 한다.
때로는 소낙비를 막아 피난처를 제공하여
사람들로 하여금 고마움을 느끼게 하기도 한다.
무더운 여름날 그늘을 만들어 많은 사람들을 쉬게도 하고
그늘로 모이게 하는 힘도 있다.
여름날 매미도 불러놓고 노래 한 곡조 거나하게 부르게도 하고
길 잃은 새들을 불러들여 가슴으로 품어
어둠으로부터 두려움을 막아주기도 한다.
나무는 새들을 가슴으로 품고 몰아치는 비바람을 막아주기도 한다.
나무는 뿌리가 서로 얽히고설켜도
사람들처럼 싸우지 않으며 부딪치지도 않는다.
나는 나 너는 너대로 할 일을 묵묵히 하며 살아간다.
어디 나무들이 싸우며 부딪치는 소리 들어 보았는가?
나무는 내 것 네 것을 모른다.
사람들처럼 편을 가를 줄도 모른다.
나무는 움직일 수 없으면서도 움직일 수 있는 사람들보다
더 많은 움직임을 만든다.

나무는 시인(詩人)이다.

잘 쓰인 시(詩) 한 구절이

사람들에게 감동을 주고 눈물을 주듯

나무는 그 자체만으로도 사람들의 마음을 움직인다.

노랗게 빨갛게 혹은 잎새 진 쓸쓸함으로

새싹이 돋을 때는 새파란 맑은 마음으로

자유자재로 사람의 마음을 움직이는 나무는

이 세상 최고의 시인(詩人)이다.

누가 아니라고 부정할 수 있는가?

나무는 싸움과 이기심과 질투를 모르는 시인(詩人)이다.

더더욱 사랑에 눈물 흘릴 이별에 아픔을 모른다.

나무는 움직이지 않으면서도

움직일 수 있는 사람들보다

더 많은 것들을 움직이는

나의 애인 같은 순수 (詩人)이다.

제3부

/

아름다운 날들

인천항

오늘도 어김없이 인천항에 밤은 찾아오고, 인천항 주위에 가로등과 선상에 걸어둔 불빛은 황금빛으로 출렁이며 잔잔한 파도를 타고 잠 못 드는 내 가슴속으로 밀려와 파고든다. 오늘도 잠 못 이루는 대원들의 가슴엔 고향 산천에 두고 온 가족들과 그리운 연인의 모습이 인천항의 아름다운 야경에 실려 잔잔한 파도를 타고 와 대원들의 가슴 한구석을 살짝살짝 때리고 있다.

오늘이 군 생활 마지막이라며 내일 전역 휴가 나간다는 고참 대원의 간절한 소원인 "내무반에서 술 한 잔 먹게 해주십시오."란 요청을 일언지하에 물리치며 달래는 나의 마음은 왠지 착잡하다.

지금은 모두가 잠든 시간 고단함에 지쳐 시곗바늘도 어렵사리 자정을 향하여 오르고 있는 시간, 이 시간이면 이놈들이 술을 먹어도 다 먹었겠지 생각하며 행정반에서 당직을 서다 순찰 겸 대원들의 취침 여부를 확인하기 위하여 내무반 점검을 나간다.

5층 복도를 따라가면서 내무반 출입문 창틈으로 들여다본 그 고참의 내무반 앞에서 나는 발길을 멈출 수밖에 없었다. 어두컴컴한 내무반 침상 2층에서 여러 대원이 머리를 숙이고 빙 둘러앉아 쥐죽은 듯 숨죽이며 무슨 이야기인가를 나누고 있던 것이다. 살짝 문을 열고 들어간 나의 모습을 보고 대원들이 화들짝 놀란다. 들키면 안 될 것을 들킨 양 놀란다. 내 생각이 정확했다. 몇몇 대원은 곤히 잠을 자고 있고 몇 명의 고참 대원들만이 2층에서 둘러앉아 마치 특수작전을 수행하기 전 작전회의를 하는 듯한 모습으로 조용히 소주잔을 기울이고 있던 것이다. 머리를 맞대고 소곤소곤 작전회의를 하던 그 순간 침묵으로 내무반은 적막감이 흐르고 아무 움직임도 없다. 심지어 내무반 속 공기도 멈추어버린 상태처럼 고요했다. 잠시 침묵이 흐르다 분위기를 깨는 내 말 한마디에 고요함은 일순간에 깨어지고 그때야 대원들의 숨소리가 들리기 시작했다.

"지금 뭣들 하는 거야?" 다들 아래로 내려와!

대원들을 향하여 소리를 질렀다. 그러자 잘못을 알았는지 모두 한순간에 좁은 철 사다리를 밟으며 내려온다. 평소 엄하게 대원들을 지도해온 소대장의 말 한마디가 얼마나 무서웠을까? 특수작전이 시작도 전에 적이 아닌 소대장에게 들통나는 순간이었다. 내부의 적이 외부의 적보다 무섭다는 전쟁의 진리를 터득하는 순간이었을 것이다. 비록 전쟁은 아니었고 적은 아니었지만 특수작전을 시작도 전에 들통이 나는 그 허망함을 분위기로 나는 느낄 수 있었다. 머리를 숙이며 조용히 술을 먹던 대원들에게는 차마 그렇게 비춰졌을 것이다.

여러 대원이 철 계단을 밟고 내려오는 데는 불과 몇 초도 걸리지 않았다. 일사불란한 행동은 차마 특수작전을 방불케 하였다. 그러나 특수작전은 시작도 전에 들통나 수포로 돌아갔던 것이다.

2층에서 내려온 대원들은 미안해하며 안절부절못하고 고개를 숙이고 들지를 못한다. 내가 생각한 대로 술 한 잔씩 한 모양이다.

"이놈들 봐라. 내가 분명히 술은 안 된다고 했지, 그런데도 술을 먹어 이 소대장을 뭐로 알고 그래? 마시고 남은 술 가지고 와." 하자 한 대원이 2층으로 올라가 먹다 만 페트병에 든 소주를 가져온다. 술이 반이나 줄어있었다. 나는 속으로 그래 이놈들이 마실 만큼 마셨구나 생각하며 "야 이놈들아, 소대장이 먹지 말라면 먹지 말아야지 소대장을 뭐로 아는 거야?"

"사유서 한 장씩 써서 행정반으로 가져와!" 그렇다. 사유서 한 장이면 3~4월에 한 번씩 가는 대원들이 그렇게도 기다리고 기다리는 외박이 1회 중지다.

고개 숙인 대원들에게 나는 물었다. "술에 아직도 미련이 남는 대원이 있나 아직도 더 먹고 싶은 대원 있어?" 그러자 풀이 죽은 모습으로 "아닙니다." 한다. 전 대원 기상하여 훈련 한번 할래? 이 말에 대원들은 말이 없다. 나는 대원들이 술을 먹고 있을 것이란 걸 짐작했다. 먹지 못하게 했지만 아까 고참 대원이 이야기했기 때문에 조용히 먹고 잤으면 하면 바램이었다.

평소에도 성실하고 열심히 군 생활을 했기 때문에 나는 그 고참 대원을 믿고 있었다.

지금 이 시간쯤이면 어느 정도 먹었겠지 생각하며 모르는 체 확인을 했던 것이다. 대원들은 나의 이런 심정을 알까? 나의 이런 마음을 아직은 모를 것이다. 혹시 훗날 대원들이 나의 위치인 소대장이 된다면 알 수 있을지 몰라도. 이것이 아름다운 풍경일까? 이것이 군

인만이 그리고 남자들만이 느낄 수 있는 추억들일까? 내무반 한편 어둠 속에서 몰래 먹는 술…. 그리고 들켜 혼나는 일….

한참을 혼내고 "오늘 이 건은 나 혼자만 아는 걸로 하고 대장님에게 보고하지 않고 불문에 부칠 테니깐 바로 취침에 당하도록 알았나?" 그러자 대원들의 입가엔 안도의 미소가 흐르며 자신 있게 대답한다. "넵!" 그날 대원들이 먹다 소대장인 나에게 들켜 먹지 못한 소주는 영원히 대원들의 마음속에 비워지지 않는 아름다운 술로 남아있을 것이다. 적어도 군 생활과 소대장을 잊는 날까지는 행복한 추억으로 영원히 남아있을 것이다.

그렇게 해서 조용히 재우고 복도를 따라 한 바퀴 도는데 공중전화를 설치한 방 안 창문 쪽으로 이상한 물체 두 개가 있다가 나를 보았는지 어둠 속으로 순식간에 사라진다.

어라, 이놈들 봐라. 속으로 생각하며 여기도 두 놈이 있었네. 불을 켜고 들어간 방에는 창틀 아래에 쪼그려 앉아 두 놈이 전화통을 붙들고 있다가 놀란다. 수화기 상대 쪽에서는 이쪽 상황을 모른 체 계속 말이 흘러나오고 대원은 할 말을 못 하고 전화를 끊는다. 제주도 사는 고참 대원 한 명과 애인이 자주 면회 오는 대원이었던 것이다. 고개를 숙이고 있는 대원들에게 나는 또 한마디 던진다.

"지금 뭐하는 거야?"

"내가 밤 11시 넘으면 이동병력 없이 움직이지 말고 전부 취침하라고 했지? 그런데도 이 시간에 전화통에 매달려 있어?" 이놈들…. 자신들의 잘못을 아는지 두 대원도 고개를 들지 못하고 고개를 숙이고 있다. 대원들을 향해 나는 자신 또 한마디 한다.

"왜 전화를 지금 하는 거야 낮에 충분히 할 수 있는데?"

다그치며 혼내고 사유를 물어보니 제주도 사는 고참 대원이 말을 한다. 오늘이 할아버지 제삿날이라 이 시간이면 제사를 다 지냈겠지 생각하며 궁금하여 전화를 하고 있는 중이라고 한다. 순간 나의 가슴에 찡한 전율이 느껴 온다.

나도 고향이 시골이다. 산간오지 전북 장수다. 지금도 부모님 두 분이 살고 계시고 있다. 나도 어릴 적 고향에서 생활하다 보면 제사를 밤늦은 12시경 지냈다. 고향을 떠나와서도 할아버지 제삿날이 되면 전화를 한다. 때론 어머님이 먼저 전화를 하여 오늘이 할아버지 제삿날이니 몸가짐 잘하라 신신당부하는 전화도 받고 하였었다. 고참 대원의 마음에서 내 마음을 읽을 수 있었다. 촌놈의 고운 마음을….

그렇다고 그냥 넘어갈 수 없는 현실 별도리가 없었다. 마음에도 없는 말을 한다. 규칙에 따르지 않는 행동에 대한 경고를 하였다. 나는 대원들에게 점호시간에 항상 다음날 근무를 위하여 고참이든 졸병이든 밤 11시 이후 움직이지 말고 전부 취침하라고 지시를 한다. 그리고 점호시간 이후 애인이나 친구들에게 전화나 꼭 할 일이 있으면 당직관 허락을 득하고 하라고 한다. 다음날 근무에 지장이 없는 한도 내에서 공부든 인터넷이든 얼마든지 하라 권장을 한다.

규칙을 위반한 그 대원들에게도 조용히 타이르듯 말을 한다. "그런 사유가 있으면 미리 승낙을 얻고 전화를 해야지 맘대로 하면 되냐?" 밤늦게 전화할 이유가 있으면 당직관에게 승낙을 얻고 동료들의 취침에 피해를 주지 않는 선에서 어느 때고 할 수 있지 않느냐? 그렇게 하라고 설득한 다음 순찰을 마치고 사무실로 돌아온다. 인천중부경찰서 5층 행정반 사무실 창밖으로 내려다본 인천항에 불빛은 혼자 보기엔 오늘 밤도 서운하다. 황사가 걷힌 인천항에 불빛은 오늘도 나를 잠들지 못하게 한다.

기억의 저편에는 무엇이 있나

내 기억의 저편에는 무엇이 자리 잡고 있을까?

저편의 기억들이 내게로 살며시 내릴 때쯤이면 별들도 낮게 아주 낮게 내게로 내려와 속삭였다. 초롱초롱한 몇몇은 내 눈가에 아롱 지며 들릴 듯 들릴 듯이 지난날의 추억을 속삭여주었다. 영롱한 별 빛이 내 기억의 저편에 있는 추억들을 한 줌 가득 내려놓으면 그들의 속삭임에 잠들지 못한 무수한 밤, 잠들 수 없는 아린 밤, 그런 밤 기억의 저편에 있는 추억들이 하늘 가득 반짝인다.

어린 시절 엄마의 구구절절 사랑도, 친구들과 갓 피어난 푸른 보리밭 이랑을 거닐며 풀피리 닐리리야 불던 봄날 보리밭 추억도, 책상에 금 그어놓고 치고받고 싸우던 초등학교 시절의 지금은 얼굴 사라진 내 짝꿍 그녀의 아스라한 모습도, 엄마에게 악쓰며 대들다 아버지에게 지게 작대기로 맞아 깡충깡충 뛰던 날의 쓰라린 그러나 아름다운 추억도, 두 살 터울 형과 자전거 한 대로 십여 리 신작로 길을 통학하던 검정 교복의 포플러서 가로수길 추억도, 여자친구 사귀려고 온갖 편팔을 다 하며 밤을 지새우며 연애편지를 쓰던 날 밤의 구겨진 첫사랑의 사연들, 냇가의 송사리 떼를 몰아 쫓던 실개천의 검정고무신 아이들, 어느 가을날 하굣길에 고구마를 서리하다 들켜 책보를 치켜들고 벌을 받던 오후의 아픔, 무더운 여름방학 때 친구들과 소를 몰고 산으로 들어가 감자를 구워 먹던 날의 검정 숯 입술들이 소리치던 그늘도, 여름방학 때 친구들과 함께 소를 몰고 산으로 들어가 풀어놓고 놀다가 우리 집 소만 돌아오지 않아 동네 어른들이 소를 찾아 새벽녘까지 잠들지 못한 여름밤의 기억하고 싶지 않은 추억, 하늘의 별을 보며 먼 훗날을 기약하던 뒷집 그녀와 아기자기했던 낯간지러운 밤의 수줍음, 점방 '구멍가게'에서 주인 몰래 과자를 들고나오던 가슴 조아리던 들키지 않아 흐뭇했던 그 기쁨.

초등학교 1학년 때 칠판에 "엄마, 아빠, 영희야 놀자, 철수에 가자." 한글을 몇 자 적어놓고 외우라고 하고선 이발소로 머리를 깎으러 가신 야박한 선생님, 여자아이들을 괴롭히다 그녀의 오빠에게 붙잡혀 보리밭으로 끌려가 볼기짝을 원 없이 얻어맞던 봄날의 숨기고 싶은 보리밭 슬픔, 20원짜리 뽀빠이 과자가 맛있어 어른이 되면 원 없이 사 먹겠다고 다짐한 혼자만의 배고픔에 약속, 할아버지가 술에 취하여 잠들어 있을 때 벽에 걸어둔 바지에서 15원을 몰래 꺼냈는데 깨어난 할아버지가 호주머니에 돈이 없어졌다며 고개를 갸우뚱갸우뚱하며 "혹시 돈을 보지 못했니?" 묻는 말에 능청맞게 모른다며 딱 잡아뗀 간 큰 완전범죄 절도 사건, 막걸리를 사 오다가 돌부리에 넘어져 막걸리를 반쯤 쏟아 혼날 것을 염려한 나머지 맹물을 부어 양을 맞추고 그것을 드신 할아버지 왈.
"어…? 오늘은 막걸리가 싱겁네."
머리를 설레설레 흔드시며 드시는 모습을 보고 혼자만의 웃음을 짓던 일들, 학교에 가기 싫어 살얼음 속에 발을 담그던 겨울날의 천재 같은 바보의 용감한 행동, 운동화가 신고 싶어 새로 산 고무신을 돌부리에 비벼 3일 만에 신지 못하게 구멍을 낸 일들.

한번쯤 나를 스쳐 지나간 인연들이 그리워진다. 아픔이 생각이 난다. 가끔은 기억의 저편에 서 있는 사람들이 이유도 없이 생각이 나고 뜬금없이 스쳐 지나가기도 한다. 알 수 없는 일이다. 저편의 기억들이 왔다가 쉽사리 잊혀지기도 하고, 또 다른 인연들이 내 머릿속에 들어와 어지럽게 헤매기도 하다가 금방 사라지기도 하고 때론 며칠을 남아 있기도 한다. 오늘은 떠오르는 기억들이 이유도 없이 그리워진다. 그때 그 사람들은 지금쯤 어디서 무엇을 하고 있을까? 그때 그 일은 어떻게 되었을까? 궁금하기도 하고 보고 싶기도 하다. 나를 스쳐 간 인연들을 한번쯤 만나고 싶다. 어린 시절 나를 키워준 아픔과 웃음과 행복과 어른들과 친구들이 보고 싶다.

내 곁을 떠나버린 인연들이 아름다운 추억이 되었기에 더 생각이 난다.

이제는 막걸리를 마실 할아버지도 없다. 그녀 오빠도 볼 수가 없다. 15원짜리 물건도 없다. 송사리 유유히 노는 냇가도 없다. 여름날 떡을 감을 친구들도 없다. 소를 몰고 산으로 갈 친구도 없다. 산 그늘도 없다. 검정 숯 입술도 없다. 포플러서 신작로 길을 씽씽 내달리던 자전거도 없다. 등굣길 나를 뒤에 태우고 페달을 힘껏 밟던 코

스모스 핀 길 형님 모습도 볼 수가 없다. 어른들의 젊음도, 어릴 적 보았던 무서움도, 형색도 없다.

알 수 없는 궁금증과 그리움들이 어찌 보면 더 보고 싶은 추억인 지도 모를 일이다.

기억의 저편에는 아픔도 있고 슬픔도 있고 쓰라림도 있다. 잘못도 있다. 오래도록 간직하고 싶은 기억도 있고 잊어버리고 싶은 불행한 과거도 있다. 그러나 지나고 보니 이 모든 것들이 내 가슴 언저리에 행복한 추억이 되고 웃음이 되어있는 것을 어찌하랴. 내 유년 시절 의 가슴은 훈훈하고 따뜻했다. 또한, 눈물도 웃음도 가난도 풍부했 다. 그러나 추억거리도 웃음거리도 아픔도 지나고 보니 이 모든 것이 다 사랑인 것을 어찌하랴?

짝사랑

　오래전 어느 봄날, 시골 초등학교 6학년 1반 교실에서 나이 지긋한 50대 중반의 선생님이 눈망울이 올망졸망한 학생 50여 명을 앞혀 놓고 수업을 진행하고 있었다. 그런데 수업이 한창 진행 중인 교실 안으로 한 아이가 문을 열고 들어왔다. 그 아이는 4학년 남학생이었다. 순간 교실 안에 모든 시선이 문을 열고 들어온 그 아이에게로 모이고 수업을 진행하던 선생님도 수업하다 말고는 그 아이를 바라보았다. 선생님과 수업을 받고 있던 학생들의 시선이 일제히 그 아이에게로 모였고, 그 아이가 왜 들어왔는지 궁금증이 가득한 눈빛으로 쳐다보았다. 선생님 앞으로 뚜벅뚜벅 걸어간 학생은 꼬깃꼬깃 접힌 종이쪽지를 선생님에게 내밀었다.

　"선생님, 이거 우리 누나가 갖다 드리래요."
　순간 교실 안에 있던 올망졸망한 시선들이 선생님의 손에 들린 종이쪽지로 모였다. 그 아이가 내민 종이쪽지를 받아 든 선생님의 얼굴은 '이게 과연 뭘까?'란 표정을 지으며 연신 고개를 갸우뚱거렸다. 그러면서 선생님은 접힌 종이쪽지를 펴 읽으셨다. 읽으면서 연신 고개를 갸우뚱거리며 선생님은 이해가 안 되는지 몇 번을 더 읽는 듯하셨다. 수업하던 때와는 사뭇 다른 모습으로 교실 안은 쥐죽은 듯 조용하였다. 학생들의 시선은 선생님 얼굴과 손에 들린 종이쪽지로 눈길이 번

갈아 모였다. 선생님의 표정을 지켜보던 학생들도 쪽지 속 내용이 궁금하긴 매한가지였다. 한참을 읽어보던 선생님은 결론을 내렸다.

"애야, 이거 잘못 온 것 같다. 옆 반 선생님 갖다 드려라."

선생님의 표정을 쥐 죽은 듯 지켜보던 학생들은 그 한마디에 숨소리가 잔잔한 물결을 일으키듯 퍼져나갔다. 그러자 올망졸망 눈빛들이 무슨 낌새를 챘는지 끼리끼리 소곤대기 시작했다. 지금도 그때 그 쪽지에 무슨 내용이 적혀 있었을까? 하는 풀리지 않은 궁금증이 내 머릿속에서 큰 물음표로 자리 잡고 있다.

그때 시골 초등학교 6학년 2반 선생님은 젊은 총각 선생님이었다.

한 학년에 60여 명씩 두 학급으로 편성되었고, 2반 선생님은 우리 동네에서 하숙을 치시며 1시간여 거리에 있는 학교를 3년째 걸어 다니던 중이었다. 다른 선생님들은 학교와 가까운 마을에다 방을 얻어 놓고 하숙을 치며 편안하게 출퇴근을 하였지만, 그때 2반 선생님은 걸어 다니는 것이 좋다며 먼 우리 동네에 방을 얻어 놓고 학교를 오고 가셨다.

그 학생의 바로 위 누나는, 그때 교실 안에서 나와 함께 수업을 받고 있었다. 남동생이 머리가 벗겨진 나이 지긋한 담임선생님께 쪽지를 주는 장면을 여과 없이 보고 있었다. 그때 그 여자친구는 내용을 알았을까? 심정은 어떠했을까? 지금은 그 광경을 기억이나 하고 있을까? 지금쯤은 잊었겠지….

내 여자친구의 언니는, 그러니까 쪽지를 보낸 주인공인 누나는 혼기가 꽉 찬 처녀였다. 선생님과 같이 한동네에서 생활하다 보니 혼자만의 사랑이 싹튼 것이었을까? 아니면 사랑을 나누던 중간에 잘못 전해진 쪽지였는지 모를 일이지만 전달자에 의하여 잘못 전해진 빗나간 사랑이 되어버렸다. 현대판 배달 사고였다. 돈만 배달 사고가 나는 게 아니라 사랑도 오래전부터 배달 사고가 있었던 것이다.

이 일이 있기 전, 일 년 전인 5학년 때였다.

내 옆 짝꿍은 여자아이였다. 이름은 잊은 지 오래. 얼굴도 네모인가 세모인가 아니면 동그랬는가? 지금은 어른이 되어 있을 그녀의 얼굴 모습이 아롱지며 가물가물하다. 그 친구를 다 생각하기에는 이제 나이를 먹은 걸까? 아니면 이렇게 그 친구를 생각하는 걸로 봐서 잊지는 않은 걸까? 초등학교 시절 긴 나무 책상에서 나란히 앉아 공부를 하였고 싸우기도 많이 한 짝꿍으로만 생각난다. 책상을 칼로 그어 반으로 갈라놓고 여자친구의 손이나 물건이 내 책상 쪽으로 넘어오면 발로 차고 물건들을 집어 던지던 아리아리한 추억. 지금 생각하면 마음 아픈 추억이 마음 한구석에서 자리 잡고 있다. 책상을 반으로 갈라놓기보다는 내 책상을 더 넓게 갈라놓고 연약한 힘없는 여자친구를 괴롭힌 일들이 생각난다.

어른들 말씀인 "사람은 많이 싸워야 정이 든다."라는 말이 나이가 든 지금에서야 이해가 되었다. 그 말처럼 그 여자친구와 많이 싸웠지만 그 속에 이루지 못한 아니 전하지 못한 나의 첫사랑인 앳된 짝사랑이 머물러 있다. 어린 시절 꾸깃꾸깃 접어 짝꿍인 친구에게 주려고 했으나 결국 주지 못하고 내 마음속에 지금까지 남아 있는 종이쪽지 속 사랑.

사랑이란 말에 있어 어른들과 아이들이 해석하는 의미가 다르듯 그때 내가 그 친구를 향한 사랑은 어른들 사랑이 아닌 소꿉 사랑이었으리라. 어른들 사랑이 겉으로 드러난 외적 사랑이라면 아이들 사랑은 깊숙한 내적인 순수한 사랑이라고 말하고 싶다. 내적 사랑이든 외적 사랑이든 아름다운 것은 마찬가지겠지만, 외적 사랑은 나누어지기도 하고 깨어지기도 하여 눈물과 증오가 있지만 내적인 사랑은 나누어지지도 깨어지지도 않는 영원한 사랑으로 남을 수 있는 아름다운 사랑이다. 세월은 단짝 친구인 그녀의 얼굴을 기억할 수 없는 세상에다 나를 내려놓았다. 그 친구는 지금은 무엇을 하고 있을까? 아니 어떤 모습으로 살고 있을까? 아이들은 몇 명이나 있을까? 친구는 나를 생각할까? 친구의 소식이 들려오는 날까지 나는 행복한 추억을 꿈꾸며 살아갈 것이다.

짝사랑을 말할 때는 이루어지지 않은 사랑을 말한다.

사랑이 이루어진다면 짝사랑이 될 수 없는 이루어진 사랑이다. 짝사랑은 이루어지지 않고 홀로 남는 것. 상대가 알 수 없는 혼자만의 아름다운 사랑인 것이다. 내 짝꿍 그녀도 나의 마음을 죽는 그 날까지 모를지도 모른다. 몰라서 아름다운 사랑이 짝사랑이 아닐까?

그때 누나가 나이 지긋한 선생님께 잘못 전해준 쪽지의 내용은 내가 그녀에게 전하려다 전하지 못한 사랑과 같지 않았을까?

"나 너 좋아하는데 너는 나 안 좋아하니?"

무관심(無關心)

　사람들은 살아가면서 관심을 가져야 할 대상에 무관심(無關心)할 때가 많다. 중요하지 않아서일까? 그건 아닐 것이다. 일상생활이 바빠서, 혹은 생각할 겨를이 없어서, 또는 대상(對象)이 관심 밖으로 잠시 떠나 있어서 그럴 것이다. 일상생활에서 누군가가 나를 무관심하게 대한다면 그것처럼 서운할 수가 없다. 그 사람이 내 가까이 있는 사람이거나 또는 나를 잘 아는 사람이거나, 나의 모든 것을 이해해 줄 수 있는 사람일 때는 더욱더 서운한 감정이 든다.

　내 곁에는 20여 년 이상의 삶을 같이한 인생에 동반자이며, 친구 이상으로 정다운 사람이 있다. 앞으로 그 이상을 같이해야 하는 가까운 사람, 내가 잘못을 하여 다른 사람들로부터 손가락질을 받는다 해도 그는 나에게 용기를 북돋워 주고 이해하며 나를 지켜줄 내 가까이 있는 사람, 바로 집사람이다. 그런 사람이 나에게 항상 무관심하다. 나의 생활에 있어 무관심하게 대하는 집사람이 그렇게 서운할 수가 없다. 신혼 시절 내 말 한마디면 무엇이든지 다 해줄 줄 알았는데, 결혼 20여 년 이상 흐른 지금은 내 말에 콧방귀도 안 뀐다. 내가 제일 관심을 갖고 있는 일에도 그는 관심이 없다. 약간에 관심을 가지고 곁눈질로 나를 위해 이러쿵저러쿵 잘잘못을 논하여 주면 좋을 텐데도 말이다. 내가 하는 일에 대하여 좋은 말이 아니라도 좋은데 말이다.

"자기는 그 일에 대하여 소질이 없다." 아니면 "그것이 마음에 들지 않는다."라는 등 좋지 않은 말이라도 해준다면 그래서 관심(關心)을 가져준다면 고맙게 생각할 텐데도, 도통 나의 일에 대하여 이러쿵저러쿵 말이 없으니 나에게 무관심(無關心)한 것 같아 서운하기 그지없다.

나는 몇 년 전부터 이런저런 글들을 많이 쓰고 있다. 글 쓰는 일을 포기하고 싶지는 않다. 왜냐면 지금에 유명한 사람들도 처음에는 모두가 나처럼 초라하고 별 볼 일 없었으리라. 먼 훗날을 위하여 초라하고 형편이 없는 글이라도 나 자신을 비관하고 싶게 포기하지는 않으리라. 그렇다고 내 글이 형편없는 것만은 아니다. 여기저기 응모하여 상도 더러 타고 약간은 소질을 인정받았고, 모 지방지 신문에 나의 글이 자주 독자의 시란 명분으로 실렸었다. 약간의 능력을 발휘하고 있는 나를, 집사람이 그 실력과 집념을 너무 몰라준다. 내가 시(詩)를 자작하여 집사람에게 자랑하고 보여주어도 집사람은 읽고 아무 말이 없다. 좋고 나쁨에 대해 왈가불가 이야기해 주면 좋을 텐데도 말이 없으니 그게 나에 대한 무관심이 아니고 무엇이겠는가? 잘한다고 칭찬을 받고 싶어서도 아니다. 소질이 없다고 평가절하해도 좋다. 내가 하고 있는 일에 말 한마디라도 해줄 수 있는, 그래서 관심이라도 가져주길 바랄 뿐이다. 그런데도 집사람은 항상 말이 없다. 내 관심사에 대해 집사람이 무관심(無關心)해 보일 때 한없이 얄미워진다. 남편이 조금은 부족해도 잘한다고 말 한마디 던져주면 힘이 생기고 좋을 텐데도 말이다.

그렇다면 나는 집사람에게 어떠했는가?

집사람은 나의 한 권 분량의 자작글 속에 들어와 놀다간 적은 있어도 나의 글을 주체적으로 이끌고 간 적은 한 번도 없다. 내가 문단에 등단하여 여러 글을 쓰는 몇 년 동안은 집사람이란 단어가 적어도 소재는 되었어도 주제가 된 적은 없었다. 아니 내가 집사람에게 얼마나 무관심하였으면 그 많은 글 속에 이제야, 그 많은 세월 속에 오늘에서야, 집사람이 겨우 주체가 되어 이 글을 이끌어 갈까? 되레 내가 집사람에게 무관심하였던 것은 아닐까? 집사람의 행동과 일상사를 나의 관점(觀點)에서 일방적으로 생각하고 모든 것을 내 입맛에 맞게 해석하였던 것은 아닐까? 즉 나에게 애교를 부려줄 것을 강요 아닌 강요를 하고, 당신은 나만을 위해 존재한다는 우스운 편견(偏見)을 가지고 집사람의 인격을 무시하였던 것은 아닐까?

아파트 베란다에 있는 동백나무가 봄 햇살에 겨워 향긋한 꽃을 피워 올리는 봄날, 거실 양지쪽에서 다소곳이 앉아 향긋한 냄새가 나는 뽀송뽀송한 빨래를 개고 있는 집사람이 예쁠 듯도 싶은데 그런 생각도 전에 그 모습이 순간적으로 스쳐 지나간다. 그만큼 내가 집사람에게 무관심하여 그러지는 않았을까? 집사람의 일상사를 챙기지 못하고 무관심하게 대했던 것은 아닐까? 나의 일만 관심 있게 생각하고 나만을 생각하였던 것은 아닐까. 잠시 되새겨본다. 집사람은 20여 년을 나와 같이 살아오면서도 한 번도 관심을 가져보지 못한 무관심의 대상이 되어 있었던 것이다. 제일 관심을 가지고 대해야 할, 관심이 있으면서도 잊었던 대상, 일상생활에서 떨어지려야 떨어질 수 없는 대상, 집사람이 최우선으로 관심의 대상이 되어야 했음에도 나의 생활에서 무관심의 대상이 되어 있었던 것이다. 눈을 뜨면서 제일 먼저 볼 수 있는 얼굴, 그날을 마무리하면서 마지막으로 볼 수 있는 얼굴, 살아가는 동안 싫든 좋든 함께해야 할 가까운 사람, 절대 무관심의 대상이 될 수 없는 대상인데도 말이다.

20여 년 이상을 같이 살아오면서도 나는 집사람이 어떤 성격으로 살아가고 있는지, 무슨 생각을 하고 있는지도, 나에게 어떠한 생각을 가지고 있는지도 모를 정도로 내가 집사람에게 무관심하였던 것이다. 나에게 관심을 가져주기만을 강요하면서 집사람에 대하여 내가 되레 무관심하게 살아왔다고 생각하니 나 자신이 처량해 보였다.

우리는 가까이 있는 대상에 무관심할 때가 많다. 또한, 나에게 관심을 가져주기만을 바랄 뿐 상대에게 관심 있게 다가가는 데는 무척 어색하다. 무관심(無關心)의 피해는 사람을 사람으로 보지 않고 그 이하로 생각하는 나쁜 편견(偏見)이란 걸 알아야 한다. 무관심이란 살아 있는 모든 것을 죽어 있는 것으로 만들고, 남을 배려하지 않는 인간 최대의 이기적 병이다. 관심을 가져줄 때 고목나무에서 파릇한 새싹이 돋고 꽃이 피는 것처럼 관심 속에 생명이 되살아나고 희망이 돋아난다.

이제 손을 뻗으면 봄이 잡힐 정도로 우리들 가까이 와 있다. 무관심했던 주위의 대상(對象)들을 한번쯤 관심 있게 돌아보자. 아파트 베란다에서 지난 추운 겨울을 무심히 이겨낸 화분 속 화초들에서부터 나의 관심밖에 있던 사람에 이르기까지 한번쯤 관심을 가져봄이 어떠할까? 그래서 사물들이 무관심 속에 방치되는 그런 어이없는 일은 없어야 하고 서로가 관심을 가지고 존중해주는 삶을 살아갈 때 우리 모두가 살아가는 맛이 날 것이다. 이제 봄이 우리 곁으로 성큼 다가왔다. 한동안 무관심했던 우리 가까이 있는 무관심의 대상들을 돌아오는 봄에는 한번쯤 생각하고 관심을 가져보자. 그래서 잊었던 사랑을 올봄에는 파릇파릇 피워 올려보자.

첫눈 오는 날

작년 늦가을쯤이었다.

그때 나는 서울 여의도 KBS 방송국 앞에 있었다. 아침 일찍 출근하여 인천에서 대원들과 함께 올라갔다. 여의도 국회의사당 앞에서는 '쌀 개방 절대 반대'란 이슈로 집회를 하기 위해 농민들과 학생들이 삼삼오오 대열을 이루며 모여들고 있었다. 우리는 농민들의 데모를 진압하기 위해 새벽에 인천에서 서울로 출동하였다. 전국 각지에서 올라온 농민들과 대학생들 그리고 적이 아닌 적을 막아내야 하는 동료 경찰들이 각지에서 서울 여의도로 집결했다.

이쪽과 저쪽으로 나누어진 분주히 움직이는 여의도의 분위기만큼이나 그날은 바람이 제법 쌀쌀하게 불고 있었다. 스산한 바람, 아니 쌀쌀한 바람은 농부들의 쓰라린 아픔을 대변이라도 하는 듯 내 볼에 와 부딪혀 울고 있는 듯 느껴졌다. 시골에 계신 부모님 아픔이 늦가을 바람을 타고 젊디젊은 소대장의 가슴으로 파고들었다.

방송국 앞 가로수들이 가지마다 입었던 노란 옷을 발목 아래까지 반쯤 정도 벗었다. 늦가을의 찬 기운을 막아내지 못한 가랑잎들은 땅으로 떨어져 갈 곳 없는 낙엽으로 뒹굴고 있었다. 기분마저 스산한 늦가을, 눈이 올 것만 같은 날 출동 근무라니. 직원들의 불만은 소리 없는 아우성으로 높아만 갔다.

"제기랄 오늘 같은 날 무슨 데모람."

모두 한마디씩 내뱉었다. 새벽녘에 인천에서 서울로 출동까지 했으니 직원들 얼굴색이 밝을 리 없었다. 나뭇잎 몇 개 달고 소스란히 서 있는 늦가을 가로수가 우리들 마음을 대변하는 듯했다. 나무마다 단풍이 들어 사람까지도 형형색색으로 물들어 버린 계절. 가을은 사람들 마음속을 은행나무 빛 노오란 색으로 바꾸어 놓았다. 이럴 때는 연인과 함께 떨어지는 단풍잎을 밟으며 돌담길을 거닐다 어느 운치 있는 카페에 마주 앉아 헤이즐넛 향기 피어오르는 한 잔의 커피를 마셔야 하는데.

가을뿐만 아니라 분위기를 유달리 잘 타는 나는 그 분위기를 느끼고 싶었기에 서울까지 올라와 근무해야 한다는 게 기분이 좋지만은 않았다. 침울하게 앉아있는데 누군가가 소리친다.

"눈이 온다."

모든 시선이 밖으로 향했다. 동시에 닭장차 안은 "와, 와." 탄성을 자아내며 술렁거리기 시작했다. 차창 밖에는 가을의 끝을 알리는 첫눈이 그렇게 내리고 있었다. 차 안의 젊은 열기들이 꿈틀거리기 시작했다. 감성이 풍부한 젊은 대원들은 차창 밖 눈 내리는 풍경을 보고는 연인 생각이 간절했을 터이다. 나는 대원들 앞에서 감정을 표현할 수는 없었지만 첫눈을 보자 가슴 어딘가에 숨어있던 아련한 사랑이 기어 나왔다.

'오늘 같은 날은 데이트를 해야 하는데….'

잠시 동안 내가 서울에서 수행해야 할 임무를 잊었다. 첫눈이 내 임무를 잊게 했다. 나와 마찬가지로 누구나 첫눈의 추억은 행복한 것일까? 아마도 그럴 것이다. 그 생각 뒤로 누군가를 기다렸다. 오늘 같은 날 혹 나를 아는 누군가가 전화 한 통 해주지 않을까? 서울까지 올 연인도 없고 만날 연인도 없었지만 분위기에 휩싸인 나는 누군가가 애타게 기다려졌다. 대원들이 첫눈이 내리자 길가 공중전화부스로 몰려갔다. 눈이 내리기 전까지는 찾는 이 없이 홀로 서 있었는데 첫눈이 내리자 살아 있지 않은 물체마저도 혼자가 아니었다. 나는 왜 혼자일까, 왜 나는 없는 걸까? 가로수에는 아직도 남아 있는 나뭇잎이 바람에 못 이겨 '달달달' 누군가를 부르는 듯 흔들리고 있었다. 전화를 하고 있는 대원들의 뒷모습을 보니 수화기 건너에 있는 상대편의 연인들이 아름다운 모습으로 다가온다. 모두들 웃고 있고 새로운 소식들을 주고받고 있다. 더러는 그들의 부모님 그리고 가까운 친구들 목소리가 들려온다. 잠시 여러 생각으로 멍하니 있을 때였다. 바지 주머니에 있던 핸드폰이 울렸다. 나는 순간적으로 생각이 들었다.

'아! 왔구나.'

너무 기뻤다. 올 사람도 없고 전화할 사람도 없었지만 누군가 첫눈이 오니 내가 생각나 만나자고 전화를 한 것이다. 핸드폰을 꺼내 들고 귀로 가져가면서도 반가워 소리란 소리는 다 들릴 정도로 귓구멍이 큼직하게 넓어지는 듯했다. 귀를 쫑긋 세우고 낭랑한 여자 목소리만 들으면 되는 순간이었다. 전화를 한 상대방이 나에게 만나자고 말하면 나는 무조건 '오케이'란 대답이 준비되어 있었다. 변명도 하지 않을 것이며 그가 하자는 대로만 할 참이었다. 혹 만에 하나 그의 비위를 거슬리면 그를 만날 수 없을지도 모르기 때문이었다.

"여보세요."

핸드폰을 들자마자 내가 먼저 말을 했다. 분명 여자일 거야 초등학교 친구 아니면 나를 아는 여인, 그것도 오늘 같은 날 데이트 신청을 하는 여자 아니면 나를 알고 있는 그 옛날의 보고 싶은 연인. 첫눈 오는 날 연인을 만나 데이트를 한다면…. '흐흐흐' 저절로 웃음이 나왔다. 나에게도 그런 일이 생기다니….

그런데 이게 어떻게 된 일인가? 정말 여자였다. 누군가 말했다. 마음속으로 굳게 믿고 있으면 원하는 것을 이룰 수 있다는 말이 증명되는 순간이었다. 그 여자는 나를 잘 아는 정말로 아름다운 여자였다. 저쪽에서 수화를 타고 낭랑한 목소리가 들려왔다.

"아빠, 인천은 눈이…, 첫눈이 오는데 서울은 안 와?"

'…'

누 님

　나에게는 그리움의 대상으로, 슬픔의 대명사처럼 떠오르는 잊을
수 없는 사람이 있다. 어린 시절을 언제나 같이했던 사람, 힘들었던
시절 엄마를 대신하여 살림살이를 도맡아 하던 누님이다. 누님이 아
프다고 막냇동생으로부터 전화가 왔다. 지금 택시를 타고 보라매병
원 병동으로 가고 있다면서 전화를 했다. 어디가 얼마나 아프기에
병원에 입원을 했을까? 전화를 받으면서도 내내 걱정이 앞섰다. 동
생의 전화를 받고 보니 인천과 서울 한 시간여 거리인 가까운 지척
에 살면서도 누님을 본 지가 꽤 오래된 것 같다. 그렇다고 평소에 누
나를 만나지 않는 것은 아니다. 여섯 남매인 형제들이 1년에 몇 번
씩 만나 근황을 주고받기도 하고 가까운 곳으로 여행도 하기도 했
다. 6남매 한번 모이면 조카들까지 대식구가 된다. 근자에 와서는
내가 이루어야 할 목표가 있어 사무실과 독서실을 오가며 눈코 뜰
새 없이 바쁘게 지내다 보니 서울을 가지 못하였다. 내일은 아무리
바빠도 만사를 제쳐놓고 누님을 뵈러 가야겠다. 아니, 병문안을 가
야 할 것 같다.
　병원에 도착한 동생으로부터 다시 전화가 왔다. 누님이 입원한 지
3일째 되었는데 지금도 얼굴과 온몸이 부어 있다며 걱정스런 목소
리로 전화를 했다.
　"그렇게 아픈데 왜 연락을 하지 않았다냐?"

"우리가 걱정할까 봐 연락을 하지 않았데."

아프면서까지도 동생들을 걱정하는 바보 같은 누님이다. 누님은 시골에서 중학교를 졸업하고 바로 도회지로 왔다. 가정형편에 어쩔 수 없이 떠밀려 올라왔다는 말이 맞을 것 같다.

그 후 누나는 혼자 생활하면서 낮에는 학비를 벌고 밤에는 공부하면서 대학까지 공부를 마쳤다. 낮에는 산업전선으로 밤에는 야학으로 밤을 지새워가며 그렇게 배움의 길을 끝까지 놓지 않았던 누님이다. 동생들이 시골에서 공부하면 도시 학생들을 따라잡지 못한다고 남동생 둘을 서울로 전학시켜 뒷바라지까지 하고 공부를 시킨 인생을 개척하고 만들어 산 누님이다.

어린 시절 첩첩산중 산골에 먹고살기 힘든 그 시절. 4남 2녀 중 6남매의 장녀로 태어나 자란 누님은 중학교를 마치고 동생들 때문에 고등학교 진학을 포기하고 바로 인천으로 올라와 낮에는 공장에서 밤에는 야학으로 젊음을 던져 악착같이 살았다. 독학하면서 좋은 점수를 얻고도 가정 형편상 대학 입학을 포기해야만 했으나 누님은 끝까지 포기하지 않고 얼마 전 사십 대 중반의 나이로 방송대 유아교육과를 자랑스럽게 졸업하였다. 악착같이 살려고 발버둥 치며 동생들의 표본으로 생활하던 누님, 그 누님이 아프다 하니 눈물이 핑 돌았다. '큰 병은 아니어야 할 텐데. 아니, 죽으면 안 되는데.' 뜬금없이 제일 먼저 이 생각이 들었다. 왜 이 생각이 먼저 드는 것일까? 어

린 시절 엄마처럼 든든한 나의 버팀목이 되어준 누님, 지금도 든든
한 안식처처럼 포근한 누님, 힘들고 어려웠던 시절의 누님은 지금처
럼 분식집에서 희희낙락하며 떡볶이를 먹는 그런 단순한 누님의 의
미가 아니다. 그렇다고 지금의 세대 형제들이 우애가 없다든지 의리
가 없다는 것은 결코 아니다.

그 시절 동생들을 위해 엄마 노릇을 해야 했고 많은 동생을 위해
배움을 포기해야 했던 우리들의 누님, 밭으로 논으로 들녘으로 농
사일을 나간 엄마 아버지를 대신하여 하루 내내 동생들을 업어주고
놀아주다가도 동생들이 잘못을 하면 좀 크다는 이유 하나만으로 엄
마 아버지로부터 모진 꾸지람을 도맡아 듣고 화풀이의 대상이 된
불쌍한 우리들 누님, 우리들 누님은 어린 시절을 속 깊은 어른으로
살아왔던 것이다. 어른들로부터 꾸지람을 들으면 뒤뜰에서 몰래 울
지라도 그 누구에게도 불평불만 없이 살아온 누님이다.

내가 초등학교 다니던 시절 도회지로 나간 누님이 잠시 고향에 왔
다. 집에 오면서 동생들에게 주려고 바나나를 종이로 꾸깃꾸깃 포
장하여 몇 개를 사 왔다. 그때 내가 아주 맛있게 먹은 기억이 어렴
풋이 난다. 그때는 바나나는 무척이나 귀한 과일이었다. 시골에서는
구경도 하기 힘든 과일이었다. 그 당시 여름에 먹을 거라곤 겨우 수
박이나 참외 정도였다. 겨울에는 먹을 거라곤 안방 윗목에 옥수숫
대로 엮어 만든 항아리 속에 있는 고구마와 땅속에 묻어둔 무뿐이
었다. 아버지가 한겨울 눈 속을 헤집고 무를 꺼내오면 형제들이 안

방에 빙 둘러앉아 깎아 먹으며 긴긴밤 허기를 채우며 겨울밤을 보내던 것이 전부였던 시절이었다. 그 당시는 왜 그리 배가 고팠는지 그리고 고구마와 무가 왜 그리 맛있었는지 모르겠다. 지금은 그때 그 맛을 느낄 수가 없다. 아니 그 맛을 찾으려고 기를 쓰고 먹어봐도 그 맛을 어디에서도 찾을 수가 없다.

그때 나는 바나나를 먹은 게 아니라 누나의 사랑과 정(情)을 먹었다. 그래서 지금도 백화점이나 슈퍼에서 아들 녀석이 바나나를 먹는 모습을 보면 누나의 어린 시절 나의 그 얼굴이 떠오른다. 바나나를 사와 동생들을 주려고 보자기를 펼치며 환하게 웃음 짓던 그 얼굴이.

이 세상 누님들은 고생하기 위해 태어났을까? 내 누님뿐만 아니고 이 세상 모든 누님들이 고생 안 한 누님들이 어디 있을까?

내 누님은 더군다나 조카가 정상인이 아닌 장애인이기에 더 애처롭다. 조카의 뒷바라지만 하는 지지리도 못난 고생을 타고 난 누님이다. 어린 시절 동생들에 치이고, 작든 크든 조건 없이 양보해야 했고 지금은 고단한 삶에 지쳐 어렵사리 살고 있으니 말이다.

아무리 힘들어도 힘들다는 말과 그런 모습을 한 번도 보여주지 않은 누님, 때로는 악착같이 살려는 모습을 볼 때는 누님은 그 어느 남자들보다 더 강하다는 생각이 절로 든다. 삶에 대한 애착이 강한 누님은 내 인생의 모범으로 그리고 스승으로 내 인생에 있어 힘들 때나 고단할 때나 언제나 버팀목이 되고 주고 있다. 내가 저 위치가 되면 나도 저렇게 할 수 있을까? 저렇게 살아갈 수 있을까란 의문이 절로 나오는 것은 왜일까? 누나의 정열적인 삶의 모습을 볼 때 내 삶을 돌아보게 되고 잘못이 없는가 반성하게 된다. 나는 과연 그렇게 살아왔는가. 나는 앞으로 그렇게 살아갈 수 있는가? 어떻게 살아가야 할까? 누나의 살아가는 삶으로부터 나의 앞날을 상상하여 본다. 나는 언제나 누님의 삶에서 나의 인생을 찾아보고 비교해본다. 누님의 삶은 누구나 본보기가 되는 흐트러짐 없는 올바른 길이기에 나는 언제나 그 길에 나의 생을 비교하며 살아갈 것이다.

10월 마지막 날 밤, 자유공원에서 바라본 인천항은 고요하고 밤 하늘에 떠 있는 별빛은 밝기만 하다. 지난봄에 그렇게도 화사하게 피어나던 목련꽃과 초록의 나뭇잎들은 노랑 빨강 단풍이 들어 하나 둘 떨어지고 있다. 가을 단풍처럼 사람의 인생도 화려하게 피었다 질 때가 있으련만….

누님 인생도 한 번만이라도 활짝 피었다 지었으면 얼마나 좋을까? 바닷바람 스치는 자유공원 정상에도 겨울 추위가 왔다 가고 나면 화려한 꽃은 다시 피겠지.

이 사

왠지 눈물이 났다.

쏟아지는 울음을 주체하지 못하고 누가 볼까 봐 벽면을 기대어 울었다. 눈물이 얼굴을 줄줄 타고 흘러내렸다. 눈물을 보이지 않으려고 했는데 집사람에게 들키고 말았지만, 이사를 한다는 게 이렇게 슬픈 일인 줄은 정말 몰랐다. 어제까지만 해도 아들 녀석과 "아들아, 이제 이사 가려면 며칠 남았지?"라며 잠자리에서 대화를 주고받으며 기쁜 마음으로 이사 갈 날만 손꼽아 기다렸는데, 진작 알았더라면 이사를 하지 않았을 것이다. 이삿짐을 다 들어내고 비어버린 방, 텅 빈 방에 혼자 그렇게 울어보기는 처음이었다.

"여보. 왜 그래?"

밖에서 마지막 짐 정리를 하고 있던 집사람이 울고 있는 나를 발견하고는 방으로 들어와 물었다. 집사람의 손은 내 등을 다독이고 있었다. 짐작은 했을 터이지만 내가 울고 있는 진짜 이유는 몰랐다. 이사를 가서도 서운했겠지만 예전의 우리 가족들과 함께했던 물건들이 쓸모없이 쌓여있는 먼지까지도 나를 슬프게 했다. 그것들이 우리 가족을 잘 키워주었고 같이 동고동락해왔기에 더욱 가슴이 저려왔다. 쓸모없는 것들도, 정(情)이 없으면 없는 대로 우리 가족과 인연이 있었기에 내 곁에 있었던 것이다. 이제 이 집을 나가면 그러한 것들과도 영영 이별이다. 나의 가족의 체취가 묻은 물건들을 버리려 하니 가족을 잃은 듯한 서운함이 눈물이 되어 흘렀다. 등 뒤에서 집사람의 다독임에 더 눈물이 났다.

"여보, 큰집으로 가는데 왜 그래? 울지 마. 응."

집사람은 나를 위로하려고 했지만 그 말이 나를 더 슬프게 했다. 왜 그리 눈물이 나는지. 왈칵왈칵 쏟아지는 눈물을 참으려 했지만 스스로 통제가 되지 않았다. 집사람에게 대답을 했으나 발음이 제대로 되지 않아 알아들을 수가 없었다. 얼굴 전체를 가린 눈물 반 슬픔 반. 눈물을 보이기 싫어 세면대로 가서 손수건을 꺼내 물을 적혀 얼굴을 씻는 것처럼 얼굴에 물기를 잔뜩 묻혔다. 그렇게 얼마나 울었는지….

이삿짐센터 직원들이 가재도구를 다 들어내고 아무도 없는 텅 비어버린 방에는 먼지와 잡다한 물건들이 뒹굴고 있었다. 새까맣게 변해버린 10원짜리 동전이며 빗, 단추, 30센티자, 연필, 그리고 신혼 초부터 쌓이기 시작한 먼지가 장롱과 책상 등을 들어내자 밖으로 드러났다.

15년 동안 갇혀 있다 빛을 보는 순간이었다. 잡다한 물건들, 쌓인 먼지는 15년의 형기를 마치고 출감하는 날이었다. 결혼하면서 혼수품으로 장롱 등을 들여놓고 움직이지 않았다. 그때부터 쌓이기 시작했으니 틀리지 않았다.

딸아이의 방에는 언제 적에 그려놓았는지 창문에 아트로 여러 모양의 동물들 형상이 붙어있다. 이삿짐 속에도 들어가지 못한 비운일까? 새로운 주인이 오면 떼어져 버려지겠지. 형상 속에 애들의 모습이 선연하다. 지들끼리 만들며 키득 키득거리는 모습이, 이 색을 사용하면 예쁠까? 아니 저 색을 쓸까? 번갈아 가며 색상을 고르는 모습. 아이들의 노는 모습이 스쳐 간다.

이제 이별이다. 이삿짐을 다 빼고 남겨진 물건들 이것들이 나를 그렇게도 슬프게 울렸다. 신혼 초기부터 나와 함께 살아온 물건들, 쌓여있는 먼지를 보면 볼수록 멈추었던 눈물이 쏟아졌다. 집사람과 부푼 꿈을 안고 시작한 신혼생활, 아이들 출산과 삶, 집사람과 크고 작은 부부싸움, 아이들이 태어나 아장아장 걷기 시작하여 아옹다옹 싸우며 커 가는 모습에 행복해하던 날들, 어제 일처럼 뇌리를 스쳐 갔다, 눈물을 듬뿍듬뿍 뿌리며. 아무 탈 없이 우리를 지켜준 집, 막상 그 집을 뒤로하고 떠나려 하니 눈물이 쏟아졌다.

104동 601호, 이 집은 총각 시절 경찰임용 시험에 합격하여 직장에 들어가자마자 부은 청약저축으로 당첨되어 분양받아 입주하여 신혼생활을 시작했던 집이다. 애들 둘을 낳고 생활하며 맞벌이를 하는 집사람과 내가 직장에서 좋은 일도 여러 번 있었다. 지금까지 살면서 하자로 인한 보수공사도 없었다. 막상 이사를 가려니 이런 행복한 순간들이 주마등처럼 떠올랐다. 살아오면서 우리 가정에 나쁜 일이라곤 하나도 없었고 좋은 일만 있었던 나의 고마운 집, 우리 가정이 행복하게 생활할 수 있었던 104동 601호, 나와 가족들을 지켜준 고마운 집이다. 정(情)이 들어 이별을 하면 눈물이 되는가 보다.

"여보, 우리 이 집에서 많이 싸우기도 했지?"

"아니, 우리가 뭘 많이 싸웠다고 그래?"

집사람은 아니라고 했지만 부인한다고 아닐 수는 없었다.

"여보, 우리가 결혼해서 이 집에서 쭉 살았는데 정도 많이 들었지?"

"응, 벌써 15년이 다 지났어. 참 세월 빠르다 그치? 내가 벌써 40대이니. 애들이 걸음마를 걷던 때가 엊그제 같던데…."

집사람도 서운한 마음을 숨길 수가 없었는지 지난 일을 회상이라도 하는 듯 이야기했다. 옛일을 회상한다는 것은 슬프거나 좋거나 둘 중 하나일 텐데, 오늘 같은 날은 슬프면서도 좋은 날이겠지.

"부자 되세요."

웃으며 인사를 나누고 마지막으로 열쇠를 새로운 주인에게 넘겨주었다. 이제 두 번 다시 들어올 수 없는 곳이 되어버렸다. 집을 들어오고 나가면 나를 반겨주던 그 환한 모습들을 여기서는 볼 수가 없다. 이 집에 대한 일들은 영원히 행복한 추억으로 남겨두자. 내 젊음이 있는 곳이다. 20대 청춘의 꿈을 안고 신혼생활로 살기 시작하여 40대가 되어버린 세월. 차에 올라 출발하기 전 불이 켜진 집을 한 번 더 올려다보았다. 잡다한 일들이 다 끝나면 며칠 후에 고마운 분들을 찾아뵈어야겠다.

15여 년을 아파트 한 단지 내에서 간단하게 인사만 나누었던 사람들. 모르는 사이지만 스치는 인연으로, 얼굴 붉히는 인연으로 만나고 헤어졌던 사람들이 벌써부터 그리워진다. 이 모든 사람들이 오다가다 만나면 반가울 따름이겠지.

"아빠! 16층 할머니에게 다녀오면 안 돼?"

아들 녀석이 마지막 이삿짐 정리를 하고 떠나려는 순간 16층을 다녀오겠다고 했다.

"왜?"

아들은 경비실 할아버지와 16층 할머니를 좋아했다. 두 분이 항상 귀여워해 주셨기 때문이다. 퇴근하여 집에 도착해보면 출입문에 무언가가 걸려있었다. 문이 닫혀있자 누군가 출입문 고리에 상추가 담긴 봉지를 걸어 놓았던 것이다. 봉지 속에는 갓 따온 씽씽한 상추가 가득 들어있었다. 16층에 사는 할머니가 텃밭에서 직접 기른 상추라며 맞벌이를 하는 우리 가족을 주려고 걸어놓았다는 것을 몇 번을 먹은 후에야 알게 되었다. 이후로 계속 문에 상추가 걸려있었다. 상추를 맑은 물에 씻어 쌈 싸먹는 그 맛과 혀끝으로 씹히는 느낌은 먹어보지 않으면 모른다. 시장에서 사 온 상추는 시들거나 따온 지 오래되어 맛이 없다.

"아들아!"

"네, 아빠."

"우리 나중에 말이다, 며칠 후에 다시 한번 오자. 그때 시원한 음료수나 하나 사 들고. 지금은 안 계실 수도 있고 하니."

"아빠! 정말 다시 와요. 할아버지 할머니께 인사드리게."

며칠 후에 다시 오기로 아들과 나는 약속을 하고 새로운 집으로 출발했다. 아파트 단지를 빠져나오는 우리 가족이 탄 차량 뒤로 희미한 어둠이 따라왔다.

사랑 표현

우리 집은 맞벌이를 하기에 집사람도 직장을 다닌다. 십여 년 이 상을 맞벌이를 하고 있지만 아직 집사람에게 자동차를 사주지 못하 였다. 다행인 것은 직장이 나와 같은 방향이고 내 직장 부근에 있 어 내 차를 같이 타고 출퇴근을 한다. 내가 야근을 하는 날은 집사 람 혼자 퇴근을 하고 다음날 혼자 출근을 한다. 같이 퇴근할 때에 는 업무를 일찍 마치는 쪽이 기다려준다. 사랑은 기다리는 시간에서 부터 나오는 것이란 걸 알았다. 그 시간 상대를 손꼽아 기다리다 보 니 기다린 시간만큼 서로를 가슴으로 곱게 품을 수 있어 기다리는 시간도 지루하지 않고 행복했다. 아침에 같이 출근할 때에는 옆자리 에 앉아 풋풋한 내음을 풍기는 여인이 된다. 향긋한 여인을 태우고 출근하는 나는 행복한 남자가 된다. 아침 출근 시간은 집사람의 마 르지 않은 촉촉한 머릿결 내음으로 신선함을 느낄 수 있어 좋다. 약 간 덜 마른 머릿결, 여자의 아름다움을 느낄 수 있다. 내가 제일 좋 아하는 모습이다. '혼자보다는 둘이서'란 행복한 표현처럼 출근하는 내 차 안은 꽃이 만발한 것처럼 향긋하다. 혼자였다면 쓸쓸한 사막 이었을 차 안이 집사람으로 인하여 둘이다 보니 언제나 좋았다. 혼 자 출퇴근하는 남들보다 집사람과 같이 출퇴근하는 나는 행복한 시 간을 더 가질 수 있어 행복하다. 집사람은 아침 일찍 일어나 식사를 준비하고, 설거지를 하고, 애들 학교 준비에 자기 화장을 한다. 아침이면 무척 바쁘게 시간을 보낸다. 그러면서도 운전하는 내게 미안할까 봐 의자를 조금만 젖히고 눈을 붙인다. 짧은 시간 단잠에 드는 집사람의 그런 모습을 볼 때면 예쁘기도 하고 때론 왠지 모를 뿌듯함이 생긴다. 나를 믿고 몸을 맡길 수 있는 믿음과 행복.

"아침 일찍 일어나 이것저것 챙기느라 피곤할 텐데 편안하게 눈을 붙여라." 해도 괜찮다며 의자를 조금만 젖히고 미안해하다가 잠이 든다. 살포시 잠들어 있는 그 모습을 보면서 나는 행복한 웃음을 짓는다.

'그 짧은 시간에도 나를 믿고 의지하며 잠시 눈을 붙이는 당신이 있어 나는 행복해.'

잠들어 있는 집사람에게 고마움에 인사를 건넨다. 나를 믿고 의지하며 평생을 같이 살아야 할 당신, 믿어주는 만큼 당신을 위해 행복하게 살겠소. '여보! 고마워.'

직장에 다다라 도착할 즈음 단잠에 젖어있는 집사람을 깨우면 아쉬운 듯 벌써 다 왔냐며 투정 어린 눈빛으로 내린다. 나는 집사람이 발을 땅에 내딛고 내리는 순간 운전석에서 손을 뻗어 어김없이 엉덩이를 툭툭 두 번 친다.

"오늘도 수고…"

그렇게 작별 인사를 하면 집사람은 남이 보면 창피하다고 엉덩이를 치지 말라고 한다. 엉덩이 치는 것을 남들이 보면 창피하다고 말이다. 신혼 때는 보란 듯이 뽀뽀도 했는데.

결혼 십여 년이 지나고 몇 년이 더 흐른 요즘 집사람은 헤어지면서도 뽀뽀를 해줄 생각도 하지 않는다. 아예 잊어버린 걸까? 그냥 내리는 것이 당연한 듯이 넉살 좋은 아줌마 같은 티를 낸다. 그렇게 살다 보니 나도 집사람에게 뽀뽀를 받을 생각도 하지 않는지 오래된 듯하다. 신혼 시절 그 흔하고 흔한 애정의 표시인 키스는 중년의 삶에서 멀어지고 있었다.

어느 날부터인가 애정의 표시인 사랑 표현이 바뀌어 가고 있었다는 것을 나는 알게 되었다. 나이가 들면 사랑 표현 방법이 바뀐다는 사실을 알게 되었다.

여기서 왜 엉덩이를 두 번만 치냐고 묻지 않으면 섭섭하다. 한 번 치면 정이 없고 그래서 두 번 친다. 왜 세 번을 못 치냐고? 세 번을 칠라치면 그때는 차에서 내려 벌써 저만치 가고 없어 칠 수가 없는 걸 어떡해. 그래서 나는 두 번밖에 칠 수가 없다. 집사람은 누가 볼세라 수줍음으로 빙그레 웃으며 인사를 하고는 빨간 우체통 속으로 쏙 사라진다. 집사람의 그 모습이 자동차 후사경을 통하여 보이지 않을 때까지 시선을 놓을 수가 없다. 빨간 우체통으로 집사람이 쏙 빨려 들어갈 때까지 나의 시선은 한곳으로 집중된다.

나이가 많든 적든 젊은이든 늙은이든 우리 모두 사랑 표현을 많이 해보자 키스든 포옹이든 엉덩이를 치든 인사말을 하든, 사랑 표현을 많이 하면 할수록 사랑이 쌓인다는 것을 알 것이다. 그렇다면 50대 60대에서는 사랑 표현을 어떻게 할까? 그때도 나는 집사람 엉덩이를 툭툭 치며 사랑 표현을 할 수 있을까? 사랑 표현은 나이가 들어감에 따라 변해도 사랑하는 마음 그 자체는 변하지 않을 것이다. 우리 모두 사랑 표현을 상대에게 자주 해보자. 사랑 표현을 많이 하면 할수록 상대를 바라보는 고운 마음이 생길 것이며 상대도 나를 향한 고운 마음이 들 것이다. 그래서 서로 간에 서로를 사랑할 수 있는 사랑이 쌓일 것이다. 많으면 많을수록 좋은 게 사랑이다. 사랑 표현은 나이가 들어감에 따라 변해도 사랑하는 마음 그 자체는 늙어서도 변하지 않으리라.